AF600973

27 Aoust 1756.

EXERCICE,

EN FORME DE PLAIDOYERS PRONONCÉS PAR LES RHÉTORICIENS DU COLLÉGE DE LOUIS LE GRAND,

Le vingt-septiéme d'Août 1756.

A PARIS,

Chez THIBOUST, Imprimeur du ROI, Place de Cambray.

M. DCCLVI.

Avec Approbation & Permission.

A MONSEIGNEUR
LE COMTE
D'ARGENSON,
MINISTRE ET SECRETAIRE D'ETAT.

MONSEIGNEUR,

JE donne au Public, avec confiance, un Ouvrage auquel vous avez daigné prendre intérêt.

Vous y ajoutez la permission de le faire paroître sous vos auspices, & vous voulez bien en être le Protecteur. Ce sont des motifs ausquels je n'ai pas dû me refuser. J'ai tâché de peindre, dans une Action étrangére, les premiers succès d'une Guerre aussi heureuse que légitime, dont la suite vous donnera plus d'une occasion de montrer encore l'étendüe de ce Génie supérieur, qui concerte les Opérations militaires, & prépare les Evénemens les plus glorieux à la Nation. Ce Plaidoyer n'a d'autre mérite qu'une justesse sensible de rapports avec la Gloire du ROI; cette Gloire, MONSEIGNEUR, qui est l'objet de votre zèle, & à laquelle vous travaillez avec des soins si dignes de la confiance dont il vous honore. Ce sont ces rapports qui vous engagent à me prêter aujourd'hui l'appui d'un Nom, précieux à cette Capitale, chéri dans la France, révéré dans une République célébre; d'un Nom, que plusieurs Siécles ont rendu illustre, & dont chaque jour vous augmentez la gloire. Daignez recevoir ces Discours, moins comme un Ouvrage offert à votre attention, que comme l'hommage d'une reconnoissance düe à vos bontés.

Je suis avec un très-profond respect,

MONSEIGNEUR,

Votre très-humble
& très-obéissant
Serviteur,

J. B. Geoffroy, Jésuite.

1ere Page

AVERTISSEMENT.

ON ne s'étoit pas proposé d'imprimer les Discours qui paroissent aujourd'hui, & ils perdront sans doute à la lecture beaucoup du mérite qu'on leur trouva, lorsqu'ils furent prononcés. Les rapports du sujet avec l'événement glorieux qui occupoit alors tous les esprits; les agrémens que porterent dans l'action les jeunes Orateurs qui plaidoient cette espéce de Cause; la faveur décidée pour les talens naissans; l'intérêt que prenoient à leur action plusieurs Personnes respectables qui s'y trouverent;

tout concourut pour donner à cet Exercice un ſuccès bien plus grand que nous n'oſions l'eſpérer. Il fut honoré des éloges d'un Connoiſſeur * illuſtre, que la douceur & la bonté de ſon caractère, l'aiſance & les agrémens de ſon commerce, le goût & l'aménité de ſes Ecrits, rendent également cher à la Cour, précieux à la Société Civile, & célébre dans la République des Lettres. C'eſt d'après ſon témoignage que l'impreſſion de ce Plaidoyer a été demandée par un Miniſtre **, qui joint à la dignité du Rang la ſupériorité du Génie, & toutes les qualités que l'on aime dans l'Homme particulier, à tous les talens que

* M. le Préſident Henault.

** M. le Comte d'Argenſon.

l'on révére dans l'Homme d'Etat. Son zèle pour la gloire du Roi l'a intéressé en faveur d'un Exercice dont elle est l'objet ; & ce n'est qu'à ce motif que nous pouvons attribuer les témoignages honorables de satisfaction qu'il a daigné nous en donner.

Malgré ce préjugé si avantageux, nous avertissons le Lecteur que ces sortes de Dissertations ne sont proposées & faites, que pour cultiver les talens des jeunes Eleves qui nous sont confiés ; & nous le prions de regarder ces Discours moins comme un Ouvrage, que comme l'annonce & l'essai de ceux qu'ils pourront faire un jour.

Le fait historique, qui est le fonds du Plaidoyer, a tant de rapports avec les circonſtances où nous ſommes, qu'il n'a pas été poſſible de ſe refuſer aux alluſions ſenſibles qu'il préſentoit dans preſque toutes ſes parties ; & on s'appercevra aiſément que c'eſt cette convenance & cette conformité même qui nous a determinés au choix de ce ſujet. Cependant nous n'avons pas pu rendre l'allégorie juſte & entiere dans tout le détail ; il a fallu attribuer pluſieurs des entrepriſes à un ſeul chef principal. Ainſi la double négociation que nous ſuppoſons faite par les Siciliens avec Carthage & Lacédémone, eſt dans le Plaidoyer l'ouvrage du ſeul Euphronime ; le tranſport des Troupes, le Combat Naval, les ſecours envoyés dans les Colonies, la réunion des Peuples barbares qui les habitent, ſont donnés au ſeul Pleiarque. Sans cela il eût fallu multiplier les Diſcours, non-ſeulement autant que les ſervices, mais encore autant que ceux qui les ont rendus. Au reſte, les noms que nous donnons aux Acteurs de cette Cauſe, ſont des noms génériques, propres des emplois, & ſous leſquels ſont déſignés ceux qui ont ſervi l'Etat.

Quoique le Juge explique le ſujet du Plaidoyer dans un Diſcours qui précéde ceux des Avocats, on a ſouhaité que nous en donnaſſions ici l'expoſition, telle qu'elle a paru dans le Placard qui annonçoit cet Exercice.

SUJET DU PLAIDOYER.

UNE Paix générale régnoit entre la Sicile, la Grèce, & les autres Royaumes ou Républiques qui avoient pris part à leurs divisions. Elle fut troublée par les Athéniens ; ils firent des courses dans les Colonies des Siciliens, inquiéterent leur Commerce, poursuivirent leurs Vaisseaux, & sans avoir déclaré la guerre, en exercerent toutes les violences. Hermocrate gouvernoit alors la Sicile ; envain il demanda raison de ces infracteurs publics des Traités ; on ne répondit à ses plaintes que par des insultes nouvelles. Ce Prince, qui dans les guerres précédentes avoit sacrifié ses intérêts personnels au repos de son Peuple, & à la tranquillité publique, épuisa toutes les voyes de la modération, & ne prit les armes qu'après y avoir été forcé par la Dé-

claration de Guerre que lui firent ceux qui l'avoient commencée.

Quatre Citoyens distingués par leur rang & leur zèle pour le bien public, ouvrirent différens moyens de se venger, & d'assurer pour toujours à la Sicile tant la liberté de son Commerce que l'honneur de son Pavillon.

Eulimene proposa de munir tous les Ports de l'Etat, mais avec des précautions inquiétantes pour l'Ennemi; de réunir des Vaisseaux dans les Rades, de rassembler des Troupes sur les Côtes, de faire craindre une descente dans l'Attique, & de n'en point craindre dans la Sicile. Polémon demanda que l'on s'emparât de l'Isle de Samos, que les Athéniens avoient surprise autrefois, qu'on leur avoit laissée comme en sequestre, qui étoit devenüe un terme de réunion pour leurs Flottes, & l'entrepôt d'une partie de leur Commerce. Cette Isle est défendüe par une Forteresse regardée depuis long-tems comme imprenable ; mais dont Polémon offrit de faire lui-même le siége. Pleiarque, Commandant de la Flotte Sicilienne, se chargea d'y transporter les Troupes, d'attaquer les Vaisseaux d'Athénes, de mettre l'Ennemi hors d'état de secourir la Place, & d'envoyer lui-même des secours puissans dans les Colonies des Siciliens. Les Athéniens sont moins redoutables par eux-mêmes, que par leurs Alliances ; Euphronime offrit de leur enlever cet avantage ; il proposa de faire un Traité d'Union avec Lacédémone, & de Neutralité avec Carthage ; d'intéresser l'une en faveur de la Sicile, & de détacher l'autre de l'intérêt d'Athénes. Ces projets furent agréés ; on les embrassa tous à la fois ; ils réussirent également ; Hermocrate veut récompenser différemment les Auteurs de ces services ; des Orateurs sont chargés d'en discuter le mérite & les droits.

Le fonds de ce Sujet est dans plu-

sieurs Ecrivains connus. L'arrangement des Causes a demandé quelques changemens dans les faits historiques; nous nous sommes crus autorisés à les faire; on verra par les citations suivantes, combien ces changemens sont peu considérables.

— Plaiderent dans cette Cause.

1er — Pour EULIMENE,

{ ANTOINE-JEAN-JACQUES DE VERDUN, fils d'un negt + . . . *de Lyon.* + Et neveu du ferg! de ce nom

2e — Pour POLEMON,

{ HYPPOLITE HAY DE BONTEVILLE, ... *de Rennes.*

3e — Pour PLEIARQUE, Commandant les Flottes,

{ CHARLES-LEON BOUTHILLIER DE BEAUJEU, ... *de Paris.*

4e — Pour EUPHRONIME, Négociateur,

{ ANTONIN-LOUIS DE BELSUNCE DE CASTELMORON, ... *de Paris.*

— *JUGEA.* —

{ LOUIS-HENRI DE VILLENEUVE DE TRANS, ... *de Marseille.*

Précis du Fait historique.

LA guerre du Péloponnese avoit été suivie d'une Tréve générale, qui dura huit ans ; pendant la Tréve même les Athéniens formerent le projet de surprendre la Sicile. Les Lacédémoniens, indignés de ce procedé, abandonnerent les Athéniens, & s'unirent d'intérêt avec les Siciliens. Les Carthaginois & d'autres Peuples voisins ne prirent aucune part à cette guerre. Les Siciliens munirent leurs Ports avec des soins, qui rendirent inutiles les efforts de leurs Ennemis. Pendant qu'Athenes se flattoit de l'espoir d'un triomphe prochain, on lui enleva la Fortereſſe de Décélée, dont la perte ruinoit ſon Commerce, & lui fermoit la communication de Sunium & de l'Eubée. Ses Flottes furent miſes en fuite; elle en reçut la nouvelle, que d'abord elle ne voulut pas croire; mais bientôt les débris de ſes Armées, la défection preſque générale de ſes Alliés, & l'état d'épuiſement où elle ſe trouva, la réduiſirent à demander la Paix. Tel eſt le précis des faits rapportés par Thucidide l. 7 & 8. Par Diodore de Sicile l. 12. Par Juſtin l. 4. Par Plutarque, dans Alcibiade & Nicias.

A la priſe du Fort de Décélée nous avons ſubſtitué celle de l'Iſle de Samos, avec d'autant plus de droit, qu'en effet cette Iſle avoit été envahie par les Athéniens plusieurs années auparavant, reprise ensuite & rendüe à ses anciens Habitans.

DISCOURS PRÉLIMINAIRE DU JUGE.

LA Guerre eſt un des fléaux qui cauſent plus de ravages à la Terre ; les grands ſuccès y ſont preſque toujours accompagnés de grandes pertes ; & le ſang du Vainqueur coule avec celui des vaincus ſur les lauriers dont il ſe couronne.

Malheureux ſur-tout les triomphes ! que l'ambition déſire, que la témérité cherche, que l'artifice prépare, & qui, condamnés par l'équité, n'ont pas même l'eſpérance d'être avoués par la valeur. Mais lorſqu'ils ſont le prix d'un courage qu'arme la justice, que la modération conduit, que la seule nécessité de se défendre amis dans l'occasion de vaincre; alors, exempts des violences que l'humanité redoute, ils renferment tous les avantages dont l'Héroïsme s'honore, & leur gloire est d'autant plus éclatante, que la cause en a été plus légitime.

Et ne sont-ce pas ces qualités reconnües qui ont déterminé le suffrage de la Grece elle-même en faveur de nos succès? La Sicile heureuse & tranquille, sous les Loix d'un Prince, plus flatté du bonheur de ses Peuples, que de la prospérité de ses armes, goûtoit depuis huit ans * les douceurs d'une paix, pour laquelle il avoit sacrifié ses plus glorieux intérêts. Le calme & l'abondance régnoient dans nos Villes; le Commerce y répandoit ses richesses; l'Etranger reçû dans nos Ports, n'y étoit distingué du Citoyen que par

* *Quinquaginta annorum induciæ factæ sunt; at eæ post annos octo dissolutæ; induciarum tempore Siciliam aggressi sunt Athenienses.* Petau *in Rationario temporum. Lib. III. Part. 1.*

les égards ; & nous ne pensions pas avoir encore à vaincre des Ennemis, à qui nous ne cherchions qu'à faire oublier que nous les avions vaincus. La Guerre étoit résolüe dans le Conseil d'Athenes ; elle n'étoit pas soupçonnée dans le nôtre : l'orage se préparoit dans le silence de la paix que nous avions accordée ; & aucun de ces signes avant-coureurs qui annoncent les tempêtes, n'avoit précédé celle qui a éclaté contre nous.

Des invasions subites, des surprises frauduleuses, des descentes tentées dans nos Ports, des violences exercées dans nos Colonies ; il n'en falloit pas moins ; mais en falloit-il plus pour exciter la juste indignation d'un Prince, qui, se regardant comme le Pere de ses Sujets, les protege tous comme ses enfans. La modération a long-tems suspendu son couroux. Mais enfin des plaintes faites avec dignité, & reçües avec dédain ; des demandes sans réponse, des démarches sans effet ; des hostilités commises avant que d'être annoncées ; une Guerre ouverte par-tout avant que d'être déclarée ; tous ces objets, bien d'autres encore plus injurieux à notre gloire, & plus contraires à nos intérêts, nous ont forcés à reprendre les armes que nous avions quittées.

C'eſt dans ce moment que les Citoyens généreux, dont les ſervices ſont ſoumis à notre diſcuſſion, ont donné à la Patrie de nouveaux témoignages d'un zèle éprouvé juſqu'ici dans toutes les occaſions où elle à pû réclamer leur ſecours. Eulimene a penſé d'abord à garantir nos Provinces Maritimes contre les ſurpriſes & les incurſions de l'Ennemi. Il a joint de nouvelles Fortifications aux anciennes ; ſous ſes ordres des Troupes raſſemblées ſur nos Côtes, s'y exercent encore tous les jours à l'art des attaques, à celui des défenſes ; & par leur activité continuelle, non-ſeulement mettent la ſécurité dans tous nos Ports, mais jettent l'allarme dans tous ceux de l'Attique. L'Iſle de Samos, autrefois envahie par les Atheniens, étoit devenue venüe le centre d'une partie de leur commerce ; ils n'avoient rien oublié pour fortifier la Citadelle qui la défend ; mais Polémon s'est chargé d'en faire le siége ; & quelques mois lui ont fait perdre le surnom d'imprenable, que plusieurs siécles lui avoient donné. Pleiarque ne s'est pas borné à un service ; le transport & la descente des troupes dans l'Isle de Samos ; l'attaque & la défaite de la Flotte ennemie qui y portoit des secours ; le choix & l'envoi de ceux qui étoient nécessaires à nos Colonies menacées ; tels sont les objets qu'il s'étoit proposés, & qu'il a remplis. Un Traité d'union avec Lacédémone, & de neutralité avec Carthage, devoit ajoûter à nos forces, & diminuer celles de nos Ennemis ; Euphronime s'est engagé à le conclure, les plus grandes difficultés concouroient contre l'exécution ; le talent du Négociateur en a triomphé ; ce succès qui a facilité celui des autres, l'associe à leur gloire.

Le Prince, jaloux d'acquitter la reconnoiſſance de l'Etat, veut qu'un examen exact de leurs ſervices marque la différence de mérite qui eſt entre eux. Quel plaiſir n'aurions-nous pas à les voir développés ici par ceux qui les ont rendus? La modeſtie qui ne leur a pas permis de défendre eux-mêmes leurs droits, ne leur permet pas même d'en entendre la diſcuſſion glorieuſe.

Heureux Dépoſitaires de leurs intérêts, juſtifiez le choix que l'on a fait de vous pour les expoſer; & apportez à la défenſe de ces Citoyens illuſtres autant de zèle qu'ils en ont fait paroître pour la nôtre.

Discours en faveur d'Eulimene. *

PERSONNE n'ignore de quel avantage les Ports sont dans un Empire ; la sûreté de ses Provinces maritimes en dépend ; vous le sçavez, Messieurs, & si l'obligation de ne prononcer que d'après une comparaison exacte des services proposés, vous engagent à établir une sorte d'égalité entre eux ; la supériorité est bien décidée dans vos sentimens. L'ordre même que vous mettez dans les Causes, semble annoncer celui que vous suivrez dans la décision. Vous voulez que le premier objet de votre attention soit l'exposition d'un bienfait, qui le premier a dû être l'objet de vos vœux ; & vous vous êtes persuadés que la discussion des entreprises qui se disputent la préférence dans votre estime, devoit commencer par l'examen de celle qui la mérite dans votre reconnoissance.

* Prononcé par M. de Verdun.

Je ſçai qu'en parlant le premier, je laiſſe à mes Adverſaires tout l'avantage d'une réfutation vive & multipliée ; leurs diſpoſitions me répondent qu'ils ſçauront en faire uſage ; mais les Ports dont je parle ont vû bien d'autres vagues ſe briſer contre eux, & de ſi foibles tempêtes ne s'y feront pas ſentir.

J'ai à vous expoſer deux ſervices dans un ſeul ; & dans eux le mérite de tous les autres. Comment cela, me direz-vous ? C'eſt qu'en muniſſant nos Ports & nos Provinces maritimes, Eulimene nous a mis en état de ne rien craindre ; c'eſt qu'il a mis ſes Compétiteurs en état de tout entreprendre. Son ſervice étoit le ſeul néceſſaire, & il ſuffiſoit ſans les autres ; ſans lui les autres n'étoient pas ſuffiſans, & il les a rendus plus faciles. Deux avantages qui fondent la ſupériorité d'un bienfait que je défends, & que je voudrois pouvoir rendre auſſi dignes de votre attention, Meſſieurs, qu'ils le ſont de votre reconnoiſſance.

PREMIERE PARTIE.

Qu'est-ce qu'un Port ? Une digue opposée à la fureur des flots ; un abri pour les Vaisseaux battus de la tempête ; une espece de domaine pris sur la Mer ; c'est-à-dire, sur cet élement indépendant & indomptable, qui, ouvert à tous les Peuples, sépare les rivages, réunit les hommes, sert à toutes les Nations, & n'appartient à aucune. C'est un des termes d'où se mesure la distance des Continens ; celui d'où se dispersent & où se rassemblent les trésors des Pays différens ; l'entrepôt de cette opulence que le Commerce répand dans nos Villes ; un centre commun de correspondances & de sociétés, où les fonds des Royaumes divers s'échangent, se communiquent, se multiplient, sortent de leurs sources sous une forme, y rentrent sous une autre, rendent toutes les parties de la Terre tributaires entre elles, & verſent dans un Monde les richeſſes de pluſieurs.

Les Ports, ſi utilement ouverts pendant la Paix, ne le ſeroient pas impunement pendant la Guerre ; ils ſont comme la frontiere & l'entrée maritime de l'Etat ; c'eſt de-là que ſont partis ce Navigateur hardi & ce Guerrier intrépide dont on va vous vanter les exploits ; mais c'eſt par-là auſſi que pouvoit nous ſurprendre & que cherchoit à pénétrer un Ennemi vigilant & implacable, qui, toujours en armes, nous oblige à être toujours en état de défenſe ; qui regarde notre félicité comme ſon malheur, compte nos pertes parmi ſes avantages ; & riſqueroit peut-être ſa ruine, ſi elle pouvoit entraîner la nôtre.

C'eſt contre Athenes ; c'eſt-à-dire, contre la ſurpriſe & l'audace, contre la ruſe & la violence, contre l'artifice & la force, qu'il falloit garantir nos Côtes & nos Ports. Leur multitude en rendoit la défenſe plus néceſſaire & moins facile. Il en eſt que leur ſituation, d'anciens travaux, un ſéjour plus aſſidu des Officiers de notre Marine, mettent dans tous les tems à couvert de toutes les inſultes; mais combien d'autres, chargés de richeſſes, étoient dépourvûs de ſecours? D'autres Guerres avoient occupé notre attention; nos forces portées dans des Provinces plus voiſines du danger, expoſoient cette partie de la Sicile, & par elle toute la Sicile elle-même à l'invaſion & au ravage. La Paix enſuite avoit ſuſpendu nos allarmes & nos précautions. Accoutumés à cette noble franchiſe, dont les projets ſont guidés par les Loix, nous ne penſions pas qu'on ſe fit un jeu d'enfraindre des Traités que nous nous faiſions une religion d'obſerver. Nos Ennemis deſarmés n'étoient plus à nos yeux des Ennemis : ils n'avoient pas ceſſé de l'être. Le moment eſt venu où l'audace ſuccédant à l'artifice, a rallumé dans le calme & le ſilence même de la Paix des ſeux que nous avions éteints dans le tranſport & la licence de la Victoire. A ce moment, Meſſieurs, quel eſt le premier ſervice qui intéreſſoit la Patrie? Sans doute celui qui la garantiſſoit des premiers riſques. Les autres démarches étoient ſubordonnées à celle-ci ; c'eſt le cri de la nature ; elle cherche d'abord à ſe défendre, & ne penſe à ſe venger que lorſqu'elle s'eſt miſe en état de ne plus craindre.

Mais quelle ſureté de prévoyance, quelle fécondité de moyens, que d'eſpéces de travaux ; je dirois preſque, que de ſortes d'eſprits étoient néceſſaires à celui qui ſe chargeoit de cette entrepriſe! meſurer d'un ſeul regard toute l'étendûe de l'Empire, & en diſtinguer toutes les parties différentes ; connoître la nature de tous les terrains, pour l'employer où elle ſe prête, & la dompter où elle réſiſte ; ſaiſir toutes les facilités qui ſe préſentent dans un endroit, les créer dans ceux où elles ne ſont pas ; trouver ce qu'il faut envoyer ſur un rivage,

rivage, ſans prendre ſur ce qu'on doit conſerver dans les autres; porter l'effort où le danger eſt préſent; l'attention où il eſt prochain; la précaution, même où il eſt éloigné; former une chaîne de ſecours, toujours prêts à ſe partager, toujours prêts à ſe réunir, qui ſe diviſent entre tous les endroits menacés & ſoient tous dans chacun d'eux; pourvoir à ce qu'aucun ne manque, où aucun ne ſera de trop, où tous à peine ſeront ſuffiſans; ſe multiplier pour ainſi dire ſoi-même; &, ſi j'oſe ainſi parler, dans cette diſtance infinie de l'homme qui rampe ſur la terre & du Maître ſuprême qui l'a créé, ſe rendre, par la fécondité de ſes opérations, comme lui par l'immenſité de ſon être & par la force de ſon action ſouveraine, en quelque ſorte préſent dans tous les lieux; être le Reſtaurateur des uns, le Conſervateur des autres, l'Eſpoir de ſes Concitoyens, le Protecteur de ſon Peuple, l'Homme de tout l'Empire! Ce n'eſt-là que le plan des projets d'Eulimene.

Que ne puis-je vous le représenter tour-à-tour dans nos Provinces, sur nos Côtes, & dans nos Ports ; au milieu des Peuples que sa voix appelle, que son zèle rassemble, que ses bienfaits animent ; vous le verriez l'épée dans une main, l'équerre & le compas dans l'autre, donnant par-tout l'ordre & l'exemple d'un travail, que le péril présent rend nécessaire, & que le progrès lui-même rend plus facile ! Les Talens s'employent, les intérêts particuliers cessent, ou plutôt l'intérêt commun, devenu celui de tous les Particuliers, est le seul qui occupe. Me trompai-je? est-ce une création nouvelle & comme une renaissance de l'Etat, qui se fait tout-à-coup dans cette partie si affoiblie depuis long-tems ? Les Vaisseaux couvrent nos Rades ; nos Magasins se remplissent ; le Hazard ou la Trahison les brûle ; le zèle les reproduit ; tout se trouve où tout paroissoit manquer ; & l'on ne reconnoît les endroits qui étoient les plus foibles, qu'aux secours abondans qui les ont rendus les plus ſorts.

Et en effet, en eſt-il un ſeul où ſes regards n'ayent pénétré, & que ſes précautions n'ayent rendu inacceſſible? Voyez ce Port déja ſi célébre par ces Magaſins vaſtes & ſuperbes qui renferment les richeſſes de l'Orient! Eulimene vous les aſſure; & l'eſpéce de Milice, toujours ſubſiſtante, qu'il a établie ſur les Côtes voiſines, ne laiſſe à Athenes ni l'eſpoir de nous allarmer, ni le droit de ſe deshonorer encore par une deſcente, auſſi inutile dans ſes ſuites, que téméraire dans ſon projet. Voyez cette Ville ſi connüe par la force & la beauté de ſon Port; là les ſoins d'Eulimene rétabliſſent dans toute ſon étendüe cette Jettée formidable, ſi long-tems l'objet de la jalouſie de nos Rivaux, & dont la ruine étoit celui de tous leurs Traités. Voyez ces Côtes qui regardent de plus près l'Italie; là ſous les ordres d'un autre Guerrier, mais ſur les plans d'Eulimene, eſt à l'abri de toute inſulte ce Phare ſi fameux, d'où partent les ſecours pour les Républiques nos Alliées. Portez votre vûe ſur toutes les Côtes Maritimes de la Sicile ; vos regards fixés par-tout, verront par-tout les monumens de ſon zèle & les garans de votre ſûreté ; tel eſt ſon ouvrage, Meſſieurs, & ce n'eſt pas là tout ſon ouvrage ; il nous a mis en état de ne rien craindre ; ſon ſervice étoit ſuffiſant, il a mis ſes Rivaux en état de tout entreprendre ; leurs ſervices ne ſuffiſoient pas ſans le ſien, & ils ſont devenus plus faciles par lui. J'oſe encore demander votre attention pour quelques momens.

SECONDE PARTIE.

JE ne doute pas, Meſſieurs, que les Orateurs qui parleront après moi, ne cherchent à diminuer la grandeur du ſervice que j'expoſe, pour ajouter à celle des entrepriſes qu'ils ont à vous vanter ; ils imiteront ces Peintres induſtrieux, qui, pour faire ſortir avec plus d'avantage, l'objet principal de leurs tableaux ; dégradent ceux qui l'environnent & relevent l'éclat de sa gloire par les ombres qu'ils répandent sur la leur ; laissons leur cette ressource, qui peut être nécessaire à leur Cause, & que je crois inutile à la mienne.

Je pourrois vous dire qu'Eulimene, employé, comme ses Rivaux, dans les dernieres guerres, a réuni les genres de mérite qui distinguent aujourd'hui chacun d'eux ; que, comme Polémon, il a vû des Places, qui avoient été le desespoir des plus fameux Guerriers, succomber sous l'effort de sa valeur ; que s'il n'a pas eu, comme Pleiarque, l'honneur de dissiper des Flottes ennemies, il a eu celui de sauver la tête de vos Troupes dans des Pays étrangers, malgré la rigueur des saisons, & sous les yeux d'une Armée formidable qui l'obligeoit à compter presque tous ses pas par des combats ; que chargé d'une négociation plus importante & aussi délicate, que l'étoit celle d'Euphronime, on l'a vû dans cette Aſſemblée générale de la Grèce, où il s'agiſſoit de lui donner un Chef ſelon vos intérêts, réunir tous les ſuffrages, & placer ſur la tête que vous aviez choiſie, le Diadême que les plus auguſtes Concurrens ſe diſputoient entre eux. Ces ſervices ſi intéreſſans dans les circonſtances où ils ont été rendus, ſont étrangers à la Cauſe qui nous raſſemble. Bornons-nous à un bienfait qui a rendu plus facile l'exécution des projets de ſes Rivaux, & ſans lequel leurs plus brillantes actions n'euſſent pas été ſuffiſantes.

Et en effet, Meſſieurs, quel ſeroit aujourd'hui l'avantage de ces entrepriſes faites dans le Pays étranger, ſi le nôtre fût reſté ſans défenſe? Tout auroit plié ſous vos Loix dans des climats éloignés, & peut-être l'Ennemi triomphant, eût donné la loi ſur vos Ports & dans vos Villes; vous auriez fait ailleurs des conquêtes peu utiles à votre gloire, on eût fait ici des entrepriſes funeſtes à vos intérêts;

Athenes auroit perdu quelques Vaisseaux, mais elle se fût emparé de nos Places; vous auriez soumis des Etats entiers, mais tout l'avantage de ces succès nous eut-il consolé du ravage d'une seule de nos Provinces!

Illustres Rivaux, qui vous préparez à combattre nos droits, nous sommes bien éloignés de vous contester les vôtres; la gloire de l'Etat a été votre objet, sa sûreté est notre ouvrage; notre admiration vous est dûe, mais vous nous devez de la reconnoissance; vous étendiez les limites de l'Empire, nous y conservions vos héritages; les Lauriers que vous avez cueillis sur des Rivages étrangers, sont teints de notre sang comme de celui de nos Ennemis; nos Citoyens tranquilles à l'ombre des ramparts que nous leur avons par-tout élevés, goûtent le prix de vos avantages, & ne pleurent la perte d'aucun des leurs; vous êtes les vengeurs de la Patrie, c'est là votre gloire; nous en sommes les conservateurs, c'est assez pour la notre; que dis-je, c'est ainsi qu'elle commence, qu'elle étend la votre, Messieurs, & qu'elle assure celle de ses Rivaux.

Quel ordre d'événemens se developpe ici avec ses projets? De toutes les Provinces de l'Etat sortent en même tems des Armées nombreuses, leurs Chefs les conduisent; les Drapeaux de la Victoire deployés par-tout, guident la marche de ces Corps formidables, dont Athenes a éprouvé la valeur; le centre de l'Etat jouit d'une paix profonde; toutes les extrêmités de l'Empire sont dans une agitation guerriere, dont le bruit se fait entendre dans l'Attique & le Pirée; plus de cinq mille stades couverts de Soldats; le contour de l'Empire bordé de Troupes; la proximité des Camps; la facilité des secours mutuels; l'émulation qui agite les Esprits; l'ardeur qui enflamme les Courages; des mouvemens continuels qui empêchent l'oisiveté; une discipline exacte, qui bannit la licence; les héritages garantis sans être ravagés; les Citoyens défendus ſans être importunés ; tous nos Ports fermés à la ſurpriſe, & ouverts au Commerce ; un ſeul Génie qui anime tous ces Corps différens ,& devient par la force de ſon action le Génie Tutelaire de toutes les Provinces confiées à ſes ſoins : quel ſpectacle, Meſſieurs, & quelle Victoire peut ſe comparer à une telle défenſe ?

Portez vos regards ſur ces Côtes ſi longtems ouvertes à l'audace & à la ſurpriſe ; d'ici partent des Vaiſſeaux qui vont conquérir des Rivages étrangers, ſans dégarnir les nôtres ; là une Flotte dans l'inaction tient toutes les forces ennemies dans le reſpect & la crainte ; ici le Soldat, renfermé ſous des Tentes, veille à la garde d'un Camp ; là, ſorti du ſien, il s'exerce à en attaquer un autre ; accoutumé aux travaux & aux dangers de la terre, il ne connoiſſoit ni les riſques, ni les fatigues de la Mer ; chaque jour le voit y entrer, voguer ſur les flots, ſe précipiter dans les ondes, chargé de ſes armes, revenir à la nage à travers les vagues qu'il a rompües, chercher ſur le Rivage une victoire, qui eſt l'apprentiſſage de celles qu'il ſe prépare à remporter ſur les Rivages étrangers.

Athenes, inſtruite de ces préparatifs, dont elle ſçait qu'elle eſt l'objet, voit ces mouvemens ſur nos Côtes & tremble pour les ſiennes ; nous ne ſommes que ſur la défenſive ; elle craint nos attaques ; nos forces préſentées à ſes regards lui font connoître ſa foibleſſe ; elle appelle à ſon ſecours des Troupes étrangeres ; elle aſſervit ſes Citoyens aux loix d'une Milice incommode ; la forme de ſon Gouvernement y eſt contraire ; ſes Peuples en murmurent ; ſes tréſors s'y épuiſent ; toutes ſes Loix s'y oppoſent ; mais la néceſſité eſt la plus abſolüe des Loix ; & c'eſt la ſeule que nous lui laiſſions le pouvoir de ſuivre. Elle voit l'orage ſe former ; ignore ſur quelle partie de ſon Etat il doit éclater ; munit ſes Ports ; n'inquiéte plus les nôtres ; eſt par-tout dans l'allarme, & nous laiſſe par-tout dans la ſécurité.

Allez, Guerrier intrépide ; volez à la

conquête de Samos, vous trouverez dans la Place une résistance propre à honorer votre courage; vous ne trouverez point dans la route d'obstacles capables de l'arrêter; on ne l'éprouvera pas même à la descente & à l'entrée dans cette Isle qui doit être le théâtre de vos exploits. Allez, illustre Navigateur, portez à Samos sur votre Flotte le destin d'Athenes, & confiez à d'autres Vaisseaux celui de nos Colonies; une seule Mer est couverte de Navires ennemis; c'est celle où le mouvement guerrier qui se fait sur nos Rivages jette l'épouvante dans ceux de l'Attique; les autres Mers sont libres, & le passage, affranchi de tous les périls que nous avons craints, ouvre toutes les contrées étrangeres aux secours que leur envoie le Ministre respectable, à qui le soin de notre Marine est confié; mais à la facilité que trouve par-tout votre zèle, reconnoissez l'étendüe & l'importance du service qu'Eulimene vous a rendu; il eut autrefois l'honneur des Conquêtes, il prépare aujourd'hui les vôtres; vos entreprifes font différentes de la fienne, mais elles en dépendoient; & votre reconnoiffance doit aumoins fouffrir qu'on l'affocie à votre gloire.

Il eft des Etats où l'on décerne des Couronnes à ceux qui ont confervé les jours d'un Citoyen; Athenes elle-même a honoré de cette récompenfe ceux qu'elle a chargés de préfider à la défenfe de fes murs. Ce n'eft point une Ville, ce font des Provinces entieres; ce n'eft pas un Citoyen; ce font tous ceux qui habitent fur nos Côtes, dont la confervation eft dûe à Eulimene; qui, hors d'état de s'acquitter envers lui par les efforts de leur reconnoiffance particuliere, implorent le fecours de la vôtre; & intéreffent tout l'Empire en faveur d'un homme à qui tout l'Empire eft redevable.

Je n'ai point d'autres fervices à vous vanter, Monfieur, la fageffe qui a dirigé Eulimene dans fes entreprifes, fe peint déja dans votre conduite; étendüe de génie , facilité d'eſprit ; les talens les plus dignes de l'eſtime, les qualités les plus précieuſes à la ſociété ; tout ce qui forme le Citoyen, le Sage, l'Homme d'Etat, & le grand Homme ; c'eſt le fonds du caractère que je défends, ce ſont les traits de celui qui déja ſe montre dans vous.

Discours en faveur de Polémon.*

N'AVEZ-VOUS pas été surpris, Messieurs, de ce ton de confiance & de victoire, qu'a pris en commençant le premier de nos Adversaires ? Qui de nous ne s'attendoit à un Discours aussi mesuré dans sa marche, aussi compassé dans ses expressions, aussi sage dans tous ses points, que l'étoit dans toutes ses parties l'entreprise dont il nous a fait l'éloge ? Le caractère de la Cause n'a pas été celui de l'Orateur ; las de rester sans action dans les abris qu'il nous a vantés, il en est sorti plus d'une fois aussi impétueux que la vague elle-même ; il ne s'est pas contenté de parer aux incursions de nos Ennemis ; il en fait sur les droits de ses Rivaux ; & le Panégyriste des défenses a donné le signal des attaques. Je ne m'en plains pas, Messieurs ; c'est un triomphe de plus pour le Guerrier dont les intérêts me sont con-

* Prononcé par M. de Bonteville.

fiés. Une Citadelle forcée, une Isle soumise, le désespoir jetté parmi nos Ennemis, la confiance inspirée à nos Troupes, tous les avantages qui rendent une campagne glorieuse dans son détail & intéressante dans ses suites, renfermés dans une seule Conquête; tel est le fonds du tableau que j'ai à vous présenter. Tous les traits y seront ceux de la Victoire; vous y verrez votre gloire dans celle du Héros pour qui je parle ; & c'est des lauriers qu'il a cueillis que pour vous, que sera faite la Couronne que j'ose ici briguer pour lui. Grandeur de l'entreprise; Gloire de l'exécution! ces deux objets ont déja saisi l'admiration publique; je demande ici votre attention pour eux, Messieurs, & votre indulgence pour moi.

PREMIERE PARTIE.

DES Ports rétablis, des Colonies pourvües, deux Peuples entrés dans notre Alliance, ou détachés de celle de nos Ennemis ! Illuſtres Rivaux, c'eſt donc là tout l'effort, c'eſt le chef-d'œuvre de ce zèle héroïque qui doit balancer les droits de la Victoire ! Goûtez le plaiſir de vos triomphes pacifiques, nous n'en ſommes point jaloux ; & dans ce genre de mérite, la gloire de Polémon ne commence pas même où la vôtre finit.

Il en eſt une autre ; celle des Aſſauts & des Attaques ; celle des Combats & des Exploits ; c'eſt la ſienne, c'eſt la vôtre, Meſſieurs, c'eſt celle que vient de mériter à nos Guerriers invincibles le ſuccès de l'entrepriſe la plus importante dans ſon objet, & la plus conforme aux intérêts de notre gloire.

Je dis l'entrepriſe la plus importante. Pour en juger, Meſſieurs, jettez un regard ſur cette Iſle, ſi long-tems le ſujet de vos regrets, aujourd'hui le prix glorieux de vos Armes, autrefois enlevée à vos droits, rendüe enfin à vos vœux, & déſormais ouverte à votre Commerce. Athenes en avoit fait le centre du ſien ; là, des

Ports les plus éloignés, ſe rendoient ſes Flottes chargées des richeſſes de pluſieurs Climats ; & cette République ambitieuſe y recevoit les tributs de tous les Empires ; l'accès en eſt défendu par une Citadelle, regardée elle-même comme inacceſſible ; fortifiée par la nature, & par l'art ; défendüe par ſes plus braves Guerriers ; honorée du titre d'*Imprenable*, qu'elle n'a perdu que lorſque nous l'avons attaquée, & qui lui eſt aſſuré depuis que nous la poſſédons. Quel objet plus intéreſſant pour nous que celui d'une entrepriſe, dont le ſuccès décide en quelque ſorte le ſort de la Guerre, & nous rend dès le commencement d'une Campagne, ce que nous n'avions pû recouvrer par tant d'années de combats.

Non, Meſſieurs, ce n'eſt pas ici une de ces Places ordinaires, dont la priſe honore plus le Héros qui les force, qu'elle ne nuit à la Nation qui les perd. C'eſt une Conquête également glorieuſe & utile ; ce ſont pluſieurs Conquêtes réunies dans une ſeule : Samos ſe rend à nos Armes ; Athenes l'apprend & en frémit ; Lacédémone le ſçait & s'unit encore plus à nous ; Carthage le voit & ſe tait ; l'Ionie balance encore ; mais tous les Ports voiſins retentiſſent de notre gloire ; nous portons à nos Alliés & nous en recevons des ſecours ; nos Vaiſſeaux voguent en aſſurance, autour de ces Iſles, célébres par pluſieurs de nos pertes. Nous acquérons tout à la fois un centre de réunion pour nos Flottes, l'entrepôt d'un Commerce abondant & tranquille, la poſſeſſion d'une Mer, un paſſage facile dans les autres, la communication libre de nos Ports avec les Rivages étrangers ; & tout ce qui étoit dans cette partie l'objet de nos vœux, eſt le fruit de notre entrepriſe.

Si l'éloge vous en eſt ſuſpect dans la bouche de ſon défenſeur ; interrogez vos Navigateurs ; ils vous diront, qu'affranchis des craintes qui les captivoient dans le ſein de leur Patrie, ils parcourent aujourd'hui ſans allarmes des Mers, où ils ne pouvoient auparavant se montrer sans péril. Voulez-vous des témoins plus sûrs ! Demandez à nos Ennemis pourquoi leur confiance s'est changée en crainte ! Qui a pû leur inspirer cette terreur, qu'ils se vantoient d'avoir jettée parmi nous ? Quelle est la cause de cet étonnement, qui retient dans l'inaction de si grandes forces destinées à exécuter de si grands projets ! Samos est prise, Athenes est consternée ; la chute d'une Forteresse ébranle tout son Empire ; & la grandeur de sa perte est attestée par celle de son désespoir. Tel est, Messieurs, l'effet de l'entreprise, qui dans les circonstances où nous nous trouvions, étoit la plus conforme à nos intérêts, & la plus digne de notre gloire.

Je dis la gloire propre d'un Peuple, dont l'Empire, établi sur la supériorité des armes, n'a marqué le progrès de ses âges que par celui de ses Conquêtes ; d'un Peuple, si souvent attaqué, si souvent triomphant, qui des Fêtes court aux Batailles ; des plaisirs vole aux dangers ;

prend les armes, comme on les quitte ; & toujours prêt à combattre, est presque toujours sûr de vaincre ; d'un Peuple, qui est parmi les autres Peuples, ce que le Héros est parmi les Hommes ; grand dans ses projets, rapide dans son action, supérieur aux vûes & aux craintes ordinaires ; qui, peu curieux de prévoir les événemens, jaloux de les produire, capable de les maîtriser, ne fuit pas dans le danger les conseils de la prudence, mais en craint les lenteurs ; néglige d'applanir les obstacles, ose les brusquer & les surmonte ; n'est pas invulnérable, ne desire pas de l'être, mais se croit invincible & le devient.

Que les Républiques craintives, que des Etats faciles à ébranler, cherchent des Alliances, & se ménagent des appuis ; leur foiblesse l'exige. C'est - là que l'Orateur * chargé de nous vanter le mérite des Négociations, pourra s'en assurer la gloire, s'il veut employer cette

* M. de Belsunce.

finesse d'esprit, cette souplesse de raison, cette douceur victorieuse de la persuasion & du sentiment, & ces qualités heureuses dont le modele est dans la Mere respectable qui les cultive dans lui. Mais il sçait, & des exemples domestiques ne lui permettent pas d'ignorer combien le caractere que je défends est supérieur à ceux qu'on lui oppose. Qu'il se rappelle cette suite de Guerriers illustres que sa Famille a donnés à l'Etat ; & dont les noms immortels se liront à jamais dans nos Fastes, avec ceux des Héros qui ont honoré cet Empire.

Mais un Royaume qui se soutient par soi-même, qui si souvent a été la ressource des autres, n'a besoin que de ses forces contre ses dangers ; ses Guerriers se réunissent au premier signal ; l'Ennemi qui a cru porter l'allarme dans leurs Villes, voit les siennes attaquées ; & les étincelles du feu qu'il allumoit sur nos frontieres, portent l'incendie dans ses Etats. C'est ainsi que se défend un Peuple guerrier & conquérant.

Je ſçai que les précautions, utiles dans tous les tems, dans quelques-uns peuvent être néceſſaires ; ce tems eſt celui où une invaſion ſubite & imprévüe annonce tout à la fois le danger, & le préſente ; ne laiſſe aucun intervalle entre l'entrepriſe & l'exécution ; & nous apprend par le ravage de nos Campagnes, que les Ennemis y ont pénétré. Alors en effet, on ſe renferme dans les Places, on fortifie les Villes, on menage aux Armées le tems de ſe raſſembler ; mais on ne ſe borne à reſiſter que pour ſe préparer à combattre ; & l'on ne s'arrête qu'autant qu'il faut pour être en état de vaincre.

Je ſçai encore que dans les circonſtances où nous étions, les précautions priſes ſur nos Ports auroient ſuffi pour la ſureté de l'Empire ; elles ne ſuffiſoient pas à ſa gloire : & perdrons-nous nos droits, pour avoir fait plus que les circonſtances ne demandoient ? Mais j'oſe dire qu'elles demandoient plus.

Rappellez-vous, Meſſieurs, ce jour où la Déclaration de Guerre préparée dans le Conſeil de nos Ennemis, fut apportée dans le nôtre. Quelle inquiétude d'abord, & quel trouble parut dans les opinions! il n'y fut qu'un moment; c'eſt celui où Polémon étoit abſent.

Euhimene propoſe des défenſes; Euphronime des Traités; l'un ne voit de ſûreté que dans le nombre des précautions; l'autre ne trouve de reſſources que dans les manéges de la politique; la frayeur n'eſt pas dans leurs cœurs, mais l'inquiétude eſt dans leurs diſcours; elle ſe peint ſur le front, elle paſſe dans les eſprits, elle agite les ſens de ceux qui écoutent; les uns délibérent, les autres craignent, chacun s'étonne, tous s'allarment, & perſonne n'agit. C'eſt à ce moment que Polémon paroît; tous les yeux ſe fixent ſur lui; un feu guerrier brille dans les ſiens; le nuage qui eſt ſur les autres ſe diſſipe; il tient dans ſa main un Plan de l'Iſle qui va être le théâtre, & ſera le prix de ſes

Combats ; les Ports en ſont fermés , une Forterеſſe imprenable la défend. On ne croit pas qu'il y puiſſe pénétrer, il y ſçaura vaincre ; on lui demande quelles ſont les forces, où ſont les reſſources, ſur quels ſecours il a compté ; la défiance parle, la valeur répond ; il fait briller aux regards cette Epée victorieuſe, qui doit forcer l'Ennemi dans ſes murs ; il a vû les dangers de l'exécution, mais il ne les a vûs que comme des attraits pour l'entrepriſe ; ſon aſſurance paſſe dans tous les cœurs ; on l'écoute, on ſe regarde, mais on s'arme ſur ſa parole & l'on marche ſur ſes pas.

Telle eſt l'origine & l'objet de cette entrepriſe, dont le projet accuſé de témérité, & juſtifié par le ſuccès, fait aujourd'hui votre gloire, comme il atteſte la ſienne ; hé ! Meſſieurs, quelle confiance auroient eu vos Soldats, ſi leur courage captivé dans l'enceinte de vos Ports, avoit dû borner tous ſes efforts à réprimer ceux de l'Ennemi ! Eſt-ce donc par l'art l'art des défenſes que cet Empire eſt devenu ſi floriſſant ? ſureté ! précautions ! reſſources ! ce ſont les expreſſions de la crainte, elles ne furent jamais le langage d'une Nation dont le cri dans les Combats eſt celui de la Victoire. Dans un Peuple conquérant les récompenſes militaires ne ſont pas le prix des précautions, elles ſont celui des Conquêtes. Que parmi nos Concitoyens la reconnoiſſance s'accorde à celui qui a garanti leurs Héritages, l'admiration n'eſt que pour celui qui a vaincu. Dans les circonſtances où nous étions, le Sage délibéroit, le Foible s'allarmoit, le Négociateur cherchoit des ſuffrages, le Héros propoſoit des Victoires ; il en remportoit, Meſſieurs, & c'eſt la gloire de l'exécution qui termine l'entrepriſe dont je vous ai expoſé la grandeur ; honorez-moi encore d'un moment d'attention.

SECONDE PARTIE.

L'ART de vaincre est subordonné à celui de conquérir ; si les Victoires sont l'objet des Opérations militaires, j'ose avancer que le Siége & la Prise de certaines Villes en sont le Chef-d'Œuvre ; & j'ajoûte que celle où Polémon a porté vos Armes victorieuses, est du nombre des Places dont la Conquête peut suffire à la gloire d'un Héros. Représentez-vous un amas de Rocs escarpés, qu'unit ensemble une chaîne d'Ouvrages, dont chacun est de l'accès le plus difficile, & que leur union rend tous impénétrables ; une Forteresse environnée d'un grand nombre d'autres, toutes établies sur un sol dont la dureté ne céde à aucun effort, où la Tranchée ne peut s'ouvrir dans aucun endroit ; où le terrain qui y conduit n'est qu'une surface infidelle qui couvre des abîmes affreux, manque sous les pas de chaque Guerrier, lui paroît une route, &

au moment où il s'y est engagé, lui ouvre un tombeau. La Mer bat ses murs, que défendent au loin des Redoutes avancées, qui ferment ses Ports; la terre manque pour les précautions nécessaires à la sureté des Soldats; une Garnison nombreuse, un Chef expérimenté, tous les secours que la prévoyance humaine peut imaginer & réunir, joints à tout ce que l'Art & la Nature peuvent produire & rassembler pour la défense de plusieurs Places, se trouvoit dans une seule. Le projet de cette attaque porté parmi nos Ennemis, n'y excita que la surprise, & ne leur causa point d'allarmes; tranquilles sur le sort de la Place, ils préparoient des chaînes à ceux qui devoient les vaincre, & le nom du Héros, pour qui je parle, étoit déja écrit sur la porte de ces prisons, diffamées par la mort de Miltiade; ils nous regardoient comme leurs prisonniers, & nous nous pressions d'être leurs Vainqueurs. Ne parlons point des délais d'une résistance, qui a plus honoré notre valeur, qu'elle ne l'a retardée, & passons au moment où la Place emportée par nos efforts, en a été le prix peu differé, digne d'être attendu, & à peine espéré.

Que ne puis-je, Messieurs, vous représenter ces Guerriers intrépides, volans tous de concert à l'exécution d'un projet, qu'ils étoient les seuls à ne pas regarder comme impossible, & qui n'a cessé de le paroître que depuis son exécution même. Les Vertus militaires, qui assurent la Victoire, sont dans les Chefs qui y conduisent; ils reçoivent les ordres & les portent, ouvrent des avis & les exécutent; commandent au Soldat & le précédent, rassurent contre les dangers & les bravent. Vous les verriez tels qu'on nous peints ces Divinités fabuleuses qui présidoient aux Combats, couverts de sang & de poussiere, environnés de feux, à la tête, au centre & sur les aîles de l'Armée; par-tout où le danger se trouve, où le secours manque; mille traits lancés contre eux, sont prévenus par la vîtesse qui les tranſporte d'un lieu dans un autre, les multiplie en quelque ſorte & les fait voir en même tems dans tous les endroits où leur préſence doit décider l'avantage, & le décide en effet par la valeur qu'ils montrent & par celle qu'ils inſpirent.

Vous verriez à leur tête le Guerrier généreux dont j'expoſe ici les droits, portant ſur toutes les parties de ſon Armée ce regard de confiance & de victoire, qui diſſimule au Soldat ſes riſques, ou l'anime à les vaincre. A ſes côtés & ſur ſes pas marche un Fils, ſeul héritier de ſon nom, un Gendre qu'il aime comme ſon fils; tous les deux dignes de ſa tendreſſe, & imitateurs de ſon courage; la ſécurité eſt ſur ſon front; il porte dans les dangers cette gayeté que nous lui voyons dans nos Fêtes; les Soldats ſont raſſurés par ſes diſcours, animés par ſes éloges, intéreſſés par ſes dangers. Vous l'entendriez leur dire : Soldats, réſervez l'art des Tranchées, pour les endroits où elles ſont pratiquables; la Nature ici les rend impossibles, faites voir par votre audace qu'elles vous sont inutiles; montrez qui vous êtes, quel est le Roi qui vous envoye & le Chef qui vous conduit. Qui pourroit vous peindre, Messieurs, l'impression que faisoit un discours soutenu par les exemples sur des Ames guerrieres, que l'obstacle irrite, que le danger flatte, que la mort n'étonne point; la Nature à forcer pas à pas, la Victoire à saisir sur la pointe des Rochers, entre les précipices, malgré ces Balistes affreuses qui en défendent l'accès, sous les pierres & les traits qui tombent sur eux de toutes parts, rien ne les arrête; ils ne pensent qu'à vaincre & ne songent pas même à se garantir; il faut avancer où l'on ne peut se soutenir; la route manque & il faut combattre; les yeux ne peuvent pas mesurer la hauteur des Remparts; ils y portent leurs Drapeaux, & s'y établissent. Le Guerrier qui tombe est remplacé par celui qui suit; celui-ci l'est à son tour; un troisiéme avance, moins effrayé du sort qu'il voit, qu'attiré par la gloire qui l'attend ; les Cadavres entaſſés ſervent aux uns de remparts contre les traits qu'on leur lance du haut de la Citadelle, & aux autres de dégrés pour y monter ; le Soldat expirant remet ſon épée à celui qui le plaint, lui ſouhaite autant de courage & plus de bonheur ; oublie qu'il meurt & exhorte les autres à vaincre. Tout combat, ſe mêle, s'avance, triomphe, & ſous un Chef qui paroît être plus qu'un Héros, chaque Soldat eſt plus qu'un homme.

Vous ne ſerez point oublié dans le récit de ſa gloire, Guerrier * généreux, qui ne l'abandonnâtes dans aucun de ſes dangers ; qui, chargé par lui de diriger une partie de l'entrepriſe, juſtifiâtes ſa confiance par celle que vos exemples inſpiroient aux Soldats ; formé à vaincre par un Pere que la gloire de ſes ſervices a élevé aux premiers honneurs de la Guerre, vous y marchez ſur ſes traces ; & dans le

* Le jeune Orateur parut ſe tourner vers M. le Comte de Maillebois, à qui l'Aſſemblée appliquoit cet endroit.

rang qu'il occupe nous voyons celui qui vous attend. Il ne me reste en finissant, Messieurs, que de vous proposer ce qu'Ajax demandoit aux Grecs assemblés; que l'on jette au milieu des Ennemis la récompense que nous disputons, & qu'elle soit le partage de celui qui la rapportera parmi vous. Aussi intrépide, & plus grand que ce Héros, le mien seroit-il aussi malheureux à ce Tribunal ? Je ne le crains pas, Monsieur, le goût de la gloire est déja le vôtre ! celui de l'Héroïsme est l'héritage de l'Illustre Famille dont vous êtes l'espérance. Et quels que soient vos talens pour l'Eloquence qui rendit Ulisse vainqueur ; vos Ancêtres parlent dans votre cœur pour l'Imitateur d'Ajax.

*Discours en faveur de Pleiarque.**

MESSIEURS, après une navigation longue & périlleuse, Pleiarque, rentré dans le sein de sa Patrie, se flattoit d'y trouver parmi ses Concitoyens un repos, que le soin de leur gloire & celui de leurs intérêts ne lui avoit pas permis de goûter depuis long-tems. A peine arrivé dans nos Ports, il est attaqué par celui qui a présidé à leur défense. Le Guerrier dont il a facilité la descente & la victoire, s'arme contre lui ; Euphronime se joint à eux, & le Négociateur de la Paix va lui déclarer la Guerre à son tour. Ce nouvel orage ne l'effraie pas, Messieurs, il a essuyé bien d'autres tempêtes ; ce Tribunal est son azile ; il y voit les Astres qui doivent favoriser sa course. Une Flotte ennemie hors de combat, nos Colonies hors d'insulte, & par-là les Peuples barbares qui habitent ces Con-

* Prononcé par M. de Beaujeu.

trées, fixés dans nos intérêts ; tels sont les trois services que Pleiarque a rendus à cet Empire. Le premier, en personne & par l'effort de sa valeur ; les deux autres par des Chefs subordonnés, qui ont agi sur ses plans, sous ses ordres, par ses avis & d'après ses exemples.

1. Gloire des attaques, c'est celle de Polémon.
2. Gloire des défenses, c'est celle d'Eulimene.
3. Gloire des négociations, c'est celle d'Euphronime.

Pleiarque a réuni ces trois genres de services ; la gloire de ses Rivaux est la sienne ; & j'ai à vous représenter dans lui, ce qui vous intéresse le plus dans chacun d'eux. Le plus grand des intérêts est ici confié au plus foible des Talens. Ne l'oubliez pas, Messieurs, & à la reconnoissance que je réclame pour son bienfait, joignez l'indulgence que j'implore pour ma foiblesse.

PREMIERE PARTIE.

N'Etes-vous pas encore éblouïs, Meſſieurs, de la peinture vive & animée que l'on vous a faite de ce Siége mémorable, dont le ſuccès a déconcerté l'eſpérance de nos Ennemis, ſurpaſſé l'attente de nos Voiſins & étonné le courage même de nos Guerriers. L'Avocat de Polémon s'eſt cru obligé d'égarer nos eſprits dans toutes les routes où la Victoire tantôt préſente & tantôt fugitive, flattoit tour à tour & trompoit la valeur de nos Guerriers. Ne diſputons point à ſon Héros l'avantage d'un ſuccès brillant, eſpéré avant le tems où les circonſtances le permettoient ; plus attendu peut-être que notre impatience ne le vouloit ; mais enfin arrivé au moment où, ſi j'oſe le dire, on l'eſpéroit moins, & on ne l'attendoit pas. Notre courage étoit connu, on doutoit de notre conſtance, cet apprentiſſage peut lui ſervir de preuve, & c'eſt un Laurier de plus, ajoûté à ceux dont le Vainqueur s'eſt couronné.

Après cette juſtice que nous lui rendons, nous refuſera-t'on celle de reconnoître la part que nous avons à cet événement? Vous le ſçavez, Meſſieurs, ce Siége ſi intéreſſant par la gloire qu'il nous procure, pouvoit être l'écueil de celle que nous poſſédions; fiere du nombre de ſes Vaiſſeaux, maîtreſſe de pluſieurs des nôtres, Athenes jouiſſoit du plaiſir de ſes priſes, & ne ſe prêtoit pas même au ſoupçon de ſes riſques; un même jour lui apprend le projet d'un embarquement, le ſuccès d'une deſcente & le commencement d'un Siége; je ne vous peindrai pas, Meſſieurs, le trouble que cette nouvelle répandit dans une Nation dont les allarmes ſe manifeſtent par des tranſports; le Sénat délibére, le Peuple s'irrite, les Chefs s'aſſemblent, le Citoyen s'engage, le Soldat s'empreſſe, les Vaiſſeaux diſperſés ſur les Mers ſe réuniſſent dans les Ports; on les remplit de ſecours abondans pour la Place, de Provisions immenses pour le trajet, d'Armes de toute espéce pour le Combat. La Flotte part, mille cris confus s'élevent dans les airs; jamais tant d'apprêts ne promirent tant d'avantages; on n'implore le secours des Dieux que pour obtenir celui des Vents; la joie anticipée du triomphe ne se permet pas même un regard sur les risques du Combat.

Nos sentimens étoient bien différens, Messieurs, vos yeux étoient fixés par l'inquiétude sur des Mers où voguoient nos destins; vous vous représentiez dans le malheur d'une seule action la perte de toute une Armée. Et en effet, quel eût été le sort de nos Armes sur la Terre, s'il eût été malheureux sur les Ondes? & quelle apparence qu'il ne le fût pas!

Une Marine depuis long-tems sans action, contre une Marine toujours en mouvement; des Soldats qui ne font qu'essayer la Mer contre des Troupes qui la tiennent sans cesse; toutes les forces de l'Eubée, & du Pirée, réunies contre nous ſeuls ; en falloit-il plus pour juſtifier nos craintes ? Braves Guerriers, que Pleiarque lui-même avoit deſcendus dans cette Iſle , c'eſt ſous vos yeux que le Combat s'eſt donné ; votre ſort en dépendoit ; vos ames intrépides dans les dangers où vous êtes, ne purent être exemptes d'inquiétude à la vûe d'un péril, qu'il ne dépendoit ni de votre prudence d'éloigner, ni de votre courage de vaincre. Vos cœurs généreux s'ouvrirent à la crainte que vous portiez dans ceux de vos Ennemis. Je parle de crainte ! Pleiarque commande, & c'eſt la Victoire qui exécute ; les Flottes s'approchent, les Vaiſſeaux ſe joignent ; le bruit des vagues ſe mêle au bruit confus des armes ; pour nous point de ſecours dans l'Action, point d'azile dans la retraite. Repréſentez-vous , Meſſieurs , ces maſſes énormes, ces édifices flottans, qui ſe rencontrent, qui ſe choquent, qui ſe briſent, qui ſe ſervent mutuellement d'écueils, & couverts des débris les uns des autres, paſſent ſur les cadavres encore palpitans de ceux qui les montoient. Dans ce tumulte & au milieu des fureurs de deux Nations qu'animent l'une contre l'autre l'habitude de ſe haïr, & la néceſſité de ſe vaincre, peignez-vous le Guerrier pour qui je parle, du haut de ſes Ponts enſanglantés faiſant les ſignaux, donnant les ordres, réglant les manœuvres, ſe mêlant dans le combat ; Pilote, Soldat, Chef, Héros par-tout ; raſſemblant dans lui ſeul la ſageſſe qui commande, l'activité qui exécute, le Génie qui prépare le Triomphe, & le courage qui le remporte. Ici une manœuvre ſe briſe, on la remplace ; là un mât ſe renverſe, on le releve ; le ſang coule de toutes parts, le Combat n'eſt pas ſuſpendu ; ce qui eſt épargné par le fer, périt dans les ondes. Demandez-vous quel eſt le ſuccès du Combat ? Notre ambition ſe bornoit à n'être pas vaincus ; notre eſpoir n'alloit pas juſqu'à être vainqueurs, un même jour éprouve nos forces, aguerrit nos Troupes, met en fuite une Flotte, ſauve notre Armée, nous vaut une Place; & enléve l'empire de la Mer à nos Ennemis.

Superbes Dominateurs des ondes, vous ne croyiez pas que nous oſaſſions paroître; nous paroiſſons, & vous fuyez. Le ſecours des vents implorés pour avancer votre Triomphe, eſt néceſſaire pour empêcher votre ruine. Vous aviez déja mis le prix à nos Vaiſſeaux, vous regrettez une partie des vôtres, & ces chaînes dont vous menaciez nos Chefs, ce ſont vos Amiraux * qui les portent.

De quelle ardeur le récit d'une telle action n'animât-il pas le courage de nos Soldats devant la Place! L'Envie n'altera pas dans leurs cœurs le ſentiment de cette ſupériorité; l'Emulation n'aſpira qu'à la gloire de l'atteindre; leur promptitude à ſuivre, répara la peine d'avoir été prévenus; ce jour, le ſiége commença, & le deſtin de la Place fut décidé.

* Alcibiade, un des Commandans de la Flotte d'Athenes, fut rappellé par ſa République qui lui fit ſon procès.

Il ne m'appartient pas de faire entre les deux Chefs de cette expédition mémorable, un parallele également inutile à leur cause & à leur gloire. On nous vante la prise d'une Forteresse que tout sembloit rendre imprenable ; je vous fais le récit d'un avantage que tout paroissoit rendre impossible. Là, la terre manque pour ouvrir la tranchée ; & le Soldat à découvert, ne peut ni assez avancer dans ses attaques, ni assez pourvoir à sa défense ; ici les vents s'opposent à nos manœuvres, & la vague, favorable à l'Ennemi, transporte à son action toute la force qu'elle enléve à la nôtre. Là, le Guerrier, assuré du terrain sur lequel il combat, ne voit qu'une sorte de risque opposé à son courage ; le secours arrive où le danger presse ; la route est tracée pour la retraite, comme pour l'attaque ; & toutes les précautions qui peuvent assurer la valeur sont employées contre tous les périls qui peuvent inspirer de la crainte. Ici le premier Ennemi qu'il faut vaincre est l'élément sur lequel il faut combattre, l'inconſtance des flots, l'agitation des vagues, le choc imprévû des Navires, le bruit confus des manœuvres & des armes, le bruit effraiant des attaques & des défenſes; l'incertitude des ſignaux, la difficulté des ordres; ajoûtez, point de ſecours dans l'action, point d'azile dans la retraite; aucune des reſſources & toutes les horreurs des autres Combats; ce n'eſt ici, Meſſieurs, qu'une partie des obſtacles & des périls qu'il nous a fallu braver, que nous avons dû ſoutenir, malgré leſquels il falloit vaincre, & par leſquels nous avons vaincu. C'eſt ſur la gloire de cet événement que ſont fondées les prétentions du Héros que je défends; c'eſt ſur ce Combat que porte tout l'avantage d'une Campagne dont on ne veut pas que nous partagions la gloire. Nos périls ont aſſuré le ſuccès dont on nous diſpute les honneurs; les droits de Pleiarque ne ſe bornent point à ce ſervice; la défenſe de nos Colonies, la fidélité des Peuples Barbares qui les habitent, ſont encore le fruit de ſes projets, & en partie ſon ouvrage. Je ne fais, Meſſieurs, que vous l'expoſer en peu de mots.

SECONDE PARTIE.

LES Colonies ſont pour un Etat, ce que ſont pour un grand Seigneur, des Terres éloignées de la Capitale, où il en dépenſe les revenus ; celles dont la valeur eſt plus réelle, dont le ſol eſt moins embelli, où un objet léger pour le fonds devient immenſe dans le produit ; & travaillé, ſi j'oſe ainſi parler, avec la terre, acquiert une fécondité qui le renouvelle ſans ceſſe, croît comme les fleuves, en s'éloignant de ſa ſource, & parvient comme eux à la faire oublier. La diſtance des lieux, la difficulté des tranſports, la différence des mœurs, nous font regarder ceux qui vivent dans les Colonies, comme des hommes à qui le beſoin en a ouvert la route ; pour qui l'embarras du retour en a fait un terme ; à qui le commerce & l'intérêt font une Patrie, des Deserts dont le hazard ou les Loix leur faisoient un exil ; on n'oublie pas qu'ils sont nos Concitoyens ; mais le voisinage de la Barbarie où ils habitent, nous les fait regarder comme des Etrangers ; ce ne sont point des hommes différens ; mais ils ne sont pas les mêmes pour nous ; & tandis qu'ils s'occupent à humaniser les Barbares, ils deviennent eux-mêmes demi-Barbares à nos yeux.

J'ose le dire pourtant, Messieurs, les Colonies sont plus précieuses à l'Empire que plusieurs de ses Provinces ; là est le dépôt des richesses que les Mers apportent sur nos Rivages, & dont les Royaumes étrangers payent le tribut à nos besoins ou à nos délices ; là est comme un second Empire ajoûté à celui que nous possédons, dont les trésors sont nos fonds, les anciens Peuples nos Alliés, les nouveaux Habitans nos Freres ; là sont des ressources pour ceux de nos Citoyens à qui l'Etat surchargé ne peut pas fournir l'aiſance de la vie ; & qui rendent à l'Etat avec uſure les foibles ſecours qu'il leur envoie ; là l'Empire ſe décharge d'un nombre d'hommes inutiles ou dangereux, & dangereux même par la raiſon qu'ils lui ſont inutiles, qui, tranſportés hors de la Patrie, ſe rendent dignes d'elle ; & par le produit immenſe de leurs travaux, ſont quelquefois les reſſources & les ſoutiens des Familles dont ils euſſent été la honte & le malheur ; là enfin, ſans ſortir de nos Villes, nous devenons Habitans de pluſieurs Contrées, Souverains d'un nombre d'Etats, Maîtres de beaucoup de Provinces, & Citoyens de plus d'un Monde.

N'eſt-ce pas par les Colonies conſidérables qui ſe ſont établies, que tant de Républiques & Athénes elle-même, ſi bornées dans leur enceinte, ſont aujourd'hui ſi étendües dans leur pouvoir ? La Terre manquoit autour d'elles, elles en ont cherché au-delà des Mers ; leur domination s'étend plus loin dans les Contrées où elles ne sont pas, que dans celles où elles sont. Leur ambition ne desiroit que quelques Provinces de plus, un Monde s'est ouvert à leur audace; & leur industrie en a fait son Empire.

Or, Messieurs, ce sont les Colonies, c'est cet objet si important pour l'Etat, que Pleiarque s'est proposé de conserver à vos intérêts & de garantir contre les invasions. Je ne vous décrirai pas les travaux que le Zèle a entrepris, les dangers que la Valeur a bravés, les obstacles que la Constance a vaincus; je ne vous représenterai pas les Mers couvertes de Vaisseaux ennemis, la sortie de nos Ports, & l'entrée des Ports étrangers, fermées de tous côtés par leurs Navires, leurs Flottes occupées à poursuivre nos Barques errantes; les secours que nous envoyions à ces Colonies infortunées & leur sort qui en dépendoit, exposés & comme livrés à ces Maîtres de la Mer. Quel a été l'issue de ces entreprises? Le Héros pour qui je parle avoit donné l'exemple,

& son Génie étoit dans ceux qui présidoient à l'exécution ; les routes s'ouvrent, les plus foibles de nos Vaisseaux, ne laissent aux plus forts de ceux de nos Ennemis que le regret d'avoir daigné de les attaquer, & la honte de n'avoir pas sçû les vaincre.

Libérateurs généreux, vous arrivez enfin dans ces Contrées malheureuses qui vous implorent ; mais dans quel état se présentent-elles à vos regards ? La consternation régne parmi ceux qui les habitent, la frayeur a éloigné ceux qui les défendoient, & l'Ennemi sorti de ses Colonies, a porté le desastre dans les nôtres ; les Villes envahies par la surprise, ont été ravagées par la violence. Vous voyez encore sur les Rivages, les traces du sang versé par la trahison. Pleiarque avoit autrefois commandé dans ces Contrées ; son nom prononcé dans ce moment ranime la confiance ; on s'empresse, on se rassemble ; l'Habitant fugitif revient à la voix du Guerrier qui le rappelle. D'anciennes défiances, des craintes nouvelles, quelques haines particulieres, un amour commun de la liberté, retiennent encore les Barbares dans leurs Deserts. Quelles difficultés, Messieurs, pour réunir & fixer sous une Loi, des hommes nés indépendans, qui n'ayant ni héritages à sauver, ni possessions à défendre, ne craignent que l'esclavage, ont appris à souffrir, aiment à combattre, osent mourir, & ne sçavent pas obéir.

C'est de la fidélité constante de ces Peuples, que dépendoit en partie la sureté de nos Etablissemens dans ces Contrées. Cet objet étoit trop intéressant dans les circonstances où nous nous trouvions, pour échapper à la vigilance & au zèle du Génie supérieur à qui le soin de notre Marine & celui de nos Colonies est confié. Peu de mois lui ont suffi pour mettre la Sicile en état de prétendre à l'Empire des Mers, qu'Athenes se vantoit depuis près d'un siécle de posseder. Ses vûes trop étendües pour se renfermer dans les objets que la proximité

mité offre à ses regards, se sont portées en même tems sur les Mers qui nous environnent, & sur les Rivages étrangers que d'autres Mers séparent de nous. Ici une Victoire navale, facilitée par ses travaux, est le gage de la supériorité qui déja s'annonce ; là des secours proportionnés aux besoins, & envoyés à propos, ont prévenu tout à la fois, & le moment où le danger les rendoit nécessaires, & celui où le délai les eût rendus inutiles.

Pleiarque leur ouvrit la route ; leur arrivée justifia la confiance qu'on vouloit inspirer à ces Peuples barbares, qui, également faciles & terribles, se livrent au premier appas, se retirent au premier soupçon, ne prennent aucune précaution pour empêcher qu'on ne les trompe ; mais trompés une fois, ne gardent aucune mesure dans leur vangeance. l'Ennemi l'éprouve aujourd'hui ; il avoit trouvé le secret de les séduire ; le charme de l'erreur est tombé ; l'indignation a succédé à la surprise; sollicités autrefois contre nous, ils sont armés contre lui; la prise de plusieurs de ses Forts, le succès de beaucoup de Combats, des avantages considérables, trois Victoires remportées sont l'essai d'un courage engagé à nos droits, & le présage de bien d'autres événemens glorieux que leur intrépide fidélité nous garantit.

Pleiarque n'a pas été le Conducteur des secours, mais il étoit l'Auteur du projet; & cette entreprise faisoit partie de ses desseins. Une Victoire remportée sur la Mer, le succès d'un Siége qui en dépendoit, le secours porté dans nos Colonies; tel est le service que j'avois à vous exposer. Les qualités que demandoient ces actions différentes, suffiroient pour honorer plusieurs caracteres; un jour, Monsieur, vous nous les montrerez réunies dans un seul.

*Discours en faveur d'Euphronime.**

NE craignez pas, Messieurs, qu'à l'exemple de ceux qui ont parlé avant moi, je cherche à étonner votre imagination, par la description animée de quelque nouveau Combat; que j'importune encore vos oreilles du bruit tumultueux des Armes; & que faisant couler à vos yeux le sang de nos Guerriers avec celui de nos Ennemis, j'altére dans vos cœurs la joie de nos triomphes, par le sentiment rappellé de nos pertes. Ces images lugubres & funestes vous ont été tracées dans ce qu'elles avoient de plus effrayant; & l'événement n'a rien perdu de son horreur sous les peinceaux qui l'ont représenté. Le Caractere que j'ai à vous peindre, se montrera sous des traits bien différens, Messieurs: c'est celui d'un Vainqueur; mais dont les triomphes innocens & pacifiques n'ont fait qu'enchaîner l'En-

* Prononcé par M. de Belsunce.

vie, & desarmer la Haine. Conciliateur des Esprits & des intérêts les plus opposés, Euphronime n'aspire qu'à obtenir vos suffrages, comme il a réuni ceux de vos anciens Ennemis ; & son ambition se borne à être aussi heureux auprès de vous dans la discussion de ses Droits, qu'il l'a été auprès d'eux dans la défense de vos intérêts. L'Avocat d'Eulimene a regardé comme un avantage l'honneur que vous lui faisiez de l'entendre le premier : regarderai-je comme une disgrace de parler le dernier ? Non sans doute, Messieurs ; l'ordre de nos Causes n'est pas celui de nos Droits ; le Hazard a marqué le rang des Discours ; la Reconnoissance marquera celui des Services. J'ose dire qu'Euphronime a rendu, 1°. le plus difficile, & celui qui demandoit le plus de qualités. 2°. Le plus important & celui qui a procuré le plus d'avantages. Deux titres qui semblent lui assurer la premiere place ; l'un, dans votre estime, & l'autre, dans votre reconnoissance. Daignez, Mesſieurs, m'honorer d'une attention favorable.

PREMIERE PARTIE.

LE Peuple accoutumé à n'eſtimer que les Entrepriſes qui ſont ſuivies de ſuccès éclatans, n'eſt frappé, dans les ſuccès eux-mêmes, que de la gloire dont ils ſont environnés ; les qualités qui les préparent, échappent à ſes regards ; il ne voit, ni la chaîne des obſtacles, que l'Adreſſe a applanis, ni le nombre des travaux, que la Conſtance a ſoutenus ; ni ce jeu ſecret des reſſorts, que la Politique a employés ; ni ces efforts puiſſans du Génie, ſupérieur aux chef-d'œvres qu'il enfante, & plus étonnant quand il prépare ſes Victoires, que lorſqu'il les remporte. Il n'eſt donné qu'aux hommes vraiment connoiſſeurs, de meſurer l'étendüe de ce mérite, comme il n'appartient qu'aux hommes véritablement ſupérieurs, de le poſſéder.

Quel eſt celui du Négociateur, Meſſieurs, & quelle idée ſon nom prononcé réveille-t'il dans nous ? Celle d'un homme ſorti de la foule, &, ſi j'oſe le dire, du Peuple des Eſprits ; pour qui il eſt un ordre de conſeils, de réflexions, & de penſées, où le vulgaire n'oſe aſpirer, & ne peut atteindre ; & qu'il n'apperçoit que comme les Phénomenes, dans une Sphere éloignée de la ſienne. C'eſt un Sage, de qui tous les projets tiennent à l'objet qu'il ſe propoſe, & lui ſoumettent ceux qui en dépendent ; dont les idées voilées, ſous le miſtere de la Prudence, y préparent les événemens ; & ne ſortent du nuage, que comme ces Feux bienfaiſans ou terribles, qui portent l'orage ou la ſérénité dans les airs : c'eſt un Moteur ſouverain & puiſſant, dont la main victorieuſe imprime aux reſſorts qu'elle emploie, ce mouvement déciſif qui eſt l'ame des actions & le principe des ſuccès : c'eſt un Homme, né pour dominer les hommes ; mais dont les loix ſont dans les égards ; l'autorité, dans la perſuaſion ; & l'empire ſur les Eſprits, dans la flexibilité du ſien.

Demandez-vous quels talens & quelles qualités lui ſont propres, & ne ſont propres que de lui ? Une étude refléchie des hommes, une connoiſſance diſtincte des tems, une ſcience exacte des intérêts qui uniſſent les Peuples, ou les diviſent ; des objets qui les flattent, ou qui les irritent ; des forces qui les ſoutiennent, ou qui leur manquent : une intelligence vaſte, une prévoyance hardie, un diſcernement exact, qui ſe porte à tous les obſtacles, & les éloigne ou les force ; à tous les contre-tems, & les prévient ou les répare ; à toutes les reſſources, les enleve aux autres, & ſe les ménage à ſoi-même : une promptitude de réflexions, une agilité d'eſprit, une ſoupleſſe de raiſon, qui ſe repliant ſans ceſſe ſur ſes projets, pour les étendre ou les reſſerrer, pour les ſuſpendre ou les précipiter, s'accommode au tems, ſans en dépendre ; ſe prête aux évémens pour les maîtriſer ; & ne reçoit la loi, que pour la donner : un coup d'œil diſtinct & rapide, qui ne ſemble qu'errer ſur la ſurface des objets, mais qui en réunit tous les points de vüe ſous la ſienne ; les rapproche, malgré leur diſtance ; les diſtingue, malgré leur reſſemblance ; & les concilie, malgré leurs contrariétés : un génie d'entrepriſe & de détail, qui deſcend à tout, ou éléve tout juſqu'à lui, prend la forme des circonſtances, ou met ſur elles ſon empreinte ; prépare les grandes actions, ſans négliger les petites ; renferme les obſtacles dans l'ordre de ſes deſſeins ; & ſe fait des moyens qui aſſurent le ſuccès, des accidens mêmes qui le retardent. Sont-ce pluſieurs Caracteres que je viens de peindre ? Non, Meſſieurs, ce n'en eſt qu'un ; & dans la Négociation dont Euphronime étoit chargé, ce n'étoit pas le ſien tout entier.

Il falloit détacher de l'Alliance de nos Ennemis, des Peuples, qui, dans tous les tems, nous ont regardés comme les leurs ; que d'anciens Traités, une proximité d'Etats, des rapports d'intérêts, une ſociété même de malheurs, uniſſoient entre eux & contre nous. Les Lacédémoniens, ce Peuple à qui l'étendüe de ſon Domaine, la force de ſes Soldats, la conquête de pluſieurs Villes, l'union de beaucoup de Provinces, la dépendance d'un grand nombre d'Etats, donnoient une ſupériorité de puiſſance, abſolüe dans une partie de la Grece, & reſpectée dans toues les autres, avoient contre nous une prévention que d'anciennes jalouſies & un héritage de rivalité avoient tranſmiſe des premiers Chefs de cet Empire à leurs Deſcendans : les Siécles n'avoient pû l'éteindre; ils l'avoient reçûe de leurs Ancêtres, l'Envie l'entretenoit dans leurs cœurs, ils l'allumoient dans celui de leurs Enfans, ils la communiquoient à leurs Alliés; & la baſe de tous leurs Traités étoit une oppoſition à tous les nôtres.

Les Carthaginois, moins puiſſans, auſſi implacables, peut-être plus dangereux, outre le motif de l'animoſité commune contre nous, avoient celui d'un intérêt perſonnel pour eux. Leurs Tréſors étoient engagés dans la banque de nos Ennemis ; les fonds de leur Commerce ſe trouvoient alors dans le Pirée ; & tous leurs intérêts étoient riſqués, s'ils ne ſe déclaroient pas contre les nôtres.

Hé ! qui pourroit vous décrire, Meſſieurs, avec quel art & quel avantage les Miniſtres d'Athenes ſçavoient employer ces motifs ? On les voyoit tantôt à Sparte & dans les Villes qui en dépendent ; tantôt à Carthage & dans les Provinces qui lui ſont unies, reclamer auprès des uns le zèle pour la Cauſe commune ; & repréſenter une Diviſion particuliere, dont ils étoient les auteurs, comme une Guerre générale, dont toute la Grece ſeroit le théâtre ; faire enviſager aux autres la perte de leurs Créances, la ruine de leur Commerce, & le danger de reſter neutres dans une Guerre dont les frais ſeroient pris ſur leurs fonds. Nous ſommes vos Alliés, ajoutoient-ils à Sparte ; & les Maîtres que nous avons ſubſtitués aux Deſcendans de Codrus, relévent de vous par des Souverainetés renfermées dans vos Etats : nos intérêts ſont les mêmes, diſoient-ils à Carthage, nos Loix ſont peu différentes ; & la ſuprême Autorité, parmi nous, a paſſé dans les mains qui l'exerçoient ſur vos Ancêtres. Vous les euſſiez vû, Meſſieurs, intéreſſans les uns par les prieres, intimidans les autres par les menaces, repréſenter à tous les ſuites de la Guerre préſente, les rappeller au ſentiment de leurs pertes paſſées, leur retracer ſans ceſſe le plan de cet Equilibre imaginaire qu'ils ſe vantoient d'établir entre les Puiſſances & ſur les ruines de la nôtre ; troubler l'ordre, ſous le ſpécieux prétexte de le maintenir ; armer tous les Etats, pour pacifier la Terre ; allumer par-tout le feu, & demander par-tout du ſecours contre l'incendie.

Ils leur remettoient ſous les yeux le ſpectacle de leurs Fortereſſes démolies ;

ils leur montroient les debris encore ſumans de leurs Places la chûte de leurs Remparts, les Campagnes encore teintes du ſang de leurs trois Armées : voyez, leur diſoient-ils, ces Plaines diffamées par vos pertes & par les nôtres : là Nicias & cette Phalange formidable de nos Guerriers ont péri : là l'élite de la Jeuneſſe Lacédémonienne a ſuccombé ; ce bois même n'a pas été pour les Carthaginois un azile aſſez ſûr après la défaite : là ſont enſevelis vos Concitoyens, vos Parens, vos Amis, vos Peres : là toutes les forces réunies de trois Nations ont plié ſous l'effort d'une ſeule Puiſſance : & falloit-il, Meſſieurs, des objets plus touchans pour animer à la vangeance des Peuples, dans qui la douleur & la fureur ſe confondent ? Leurs dernieres playes ſaignoient encore, & nos derniers coups ne leur avoient laiſſé de vigueur que contre nous. Quel moment, Meſſieurs, pour éteindre la haine, que celui où tout conſpiroit pour l'enflammer ! Vantez-nous, Polémon, cette vivacité d'attaque, qui dans un jour a fini un Siége, dont tout sembloit retarder le succès. Une escalade vous a rendu maître de ces Redoutes formidables, dont le sort décidoit celui de la Place. On ne fait honneur aux Ennemis que d'une défense, & vos premiers coups les ont reduits à leurs derniers efforts : mais dans le genre de Siége dont Euphronime étoit chargé, que d'assauts à livrer ou à soutenir ? Ici il falloit forcer la Politique ennemie dans ses retranchemens, & la reduire à l'alternative odieuse de rester sans action, ou de n'agir que pour sa perte ; là se ménager des intelligences assurées, rendre l'Ennemi en quelque sorte complice de sa défaite, lui dissimuler qu'on vouloit le vaincre, & lui faire presque désirer d'être vaincu. Navigateur hardi, Ingénieur célébre, trouvâtes-vous plus d'écueils sur les Mers, eûtes-vous plus de précautions à prendre pour la sureté de nos Ports qu'Euphronime n'eut d'obstacles, & ne dut employer de moyens ? Le succès a couronné ſes efforts ; le hazard qui a pu ſervir ſes Rivaux, ne lui a prêté aucun ſecours ; & la fortune n'entre point en partage des droits qu'il réclame ſur votre reconnoiſſance.

Que de ſortes d'Eſprits lui étoient néceſſaires pour agir avec ſuccès ſur celui des autres ! Eſprit du moment de l'occaſion, qui, à travers mille circonſtances préſentées à la fois, diſtinguât tout d'un coup celle qui lui étoit favorable, connût celle qui lui étoit contraire, ſçût ſe dérober à l'une , & ne pas manquer à l'autre : Eſprit de reflexions & de reſſources, pour diriger ſes projets au but que l'on ſe propoſe , les aſſurer par des défiances , les conduire par des écarts apparens , les avancer même par des lenteurs prudentes ; & n'être jamais plus proche de ſon terme, que lorſqu'on en paroît plus éloigné : Eſprit d'égards & d'attention, ici pour calmer le couroux, là pour l'allumer davantage , & s'attacher tous ces Peuples par les liens mêmes qui les unissoient entre-eux : Esprit de sagesse & de précaution, qui ne prévient ni le tems de paroître, ni celui de se retirer; connoisse tous les caracteres, en prenne la couleur, cache le fonds du sien, étudie tous leurs foibles, n'en ait aucun; mais, s'il le faut, s'en laisse soupçonner; pénétre tout, & reste soi-même impénétrable.

Les hommes sont plus jaloux de la liberté de leurs suffrages, que de celle de leur corps. Il est des esprits qu'il faut dominer : c'est l'ascendant qui les soumet; l'art est de le prendre. Il en est qu'il faut gagner : la complaisance les attire; l'art est de la placer. Ceux-ci veulent être saisis dans le moment, ceux-la veulent être attendus : les uns sont indécis; ils déliberent des années entieres, un jour les détermine : d'autres sont inconstans; le serment touche au parjure; ils ne sont à vous que parce qu'ils ne sont point à eux; un moment les donne, & ils ne se donnent que pour un moment. Qu'il est riche,

Meſſieurs, le caractère qui poſſéde toutes les qualités propres à triompher de tous ces défauts ! Quelle facilité pour ſoutenir par-tout des perſonnages ſi oppoſés dans tout, pour dominer avec réſerve, plier avec dignité, fixer les uns, voltiger avec les autres, entrer dans toutes leurs routes pour les conduire à ſon terme; leur donner le change, en paroiſſant le prendre; être par ſoupleſſe tout ce qu'ils ſont par caractère ou par intérêt; les réduire par la liberté qu'il leur laiſſe; leur ſoumettre ſes paſſions mêmes; & les maîtriſer par les leurs.

Je crois, Meſſieurs, la premiere des propoſitions que j'ai avancées, portée à ce dégré d'évidence que j'avois promis : le ſervice d'Euphronime étoit le plus difficile, & celui qui demandoit le plus de qualités : j'ajoûte, qu'il étoit le plus important, & celui qui a produit le plus d'avantages. Honorez-moi encore d'un inſtant d'attention.

SECONDE PARTIE.

SI l'entreprise d'Euphronime n'avoit été que la plus heureuse dans son succès, ou la plus difficile dans son exécution, je lui en ferois une gloire, je ne lui en ferois pas un mérite, votre estime se devroit au talent, votre reconnoissance ne seroit point engagée au bienfait ; & content d'avoir mis ce service au rang des actions qui méritent l'admiration des Citoyens, je ne le placerois pas à la tête de celles à qui l'Etat doit des récompenses : mais si dans la concurrence des services proposés, les droits qu'on leur attribüe se mesurent sur les avantages qu'on en retire ; j'ose avancer, Messieurs, qu'il n'en est aucun qui puisse soutenir tout le parallele, loin qu'il en soit quelqu'un qui doive se flatter de la préférence. La preuve est dans les circonstances, où Euphronime nous a servis ; & dans celles où son service nous a placés.

Nous n'étions point à ce moment glorieux, où le ſuccès des armes décidé en notre faveur, dut rendre notre Alliance utile, & notre inimitié redoutable : nous n'avions pas pour objet une paix devenüe par la ſuite de nos proſpérités, honorable à la Sicile, & néceſſaire à la Grece ; dont la victoire eût fait les premieres avances, & dont l'épée ſanglante de nos Guerriers eût écrit les premieres conditions ſur des Campagnes couvertes de ruines. Une telle Négociation marque la grandeur du Prince, ſuppoſe des talens diſtingués dans le Miniſtre ; mais porte ſur un objet plus intéreſſant pour nos Ennemis que pour nous-mêmes.

Nous étions dans un inſtant de guerre ; c'eſt-à-dire, dans un de ces momens où le ſecours étranger eſt utile, où toutes les forces domeſtiques ſont néceſſaires ; où tout doit être employé, parce que rien n'eſt indifférent : dans l'inſtant d'une guerre ſubite que nous n'avions ni excitée, ni prévûe ; à laquelle nous ne nous étions ni attendus, ni préparés; qui avoit également prévenu nos précautions, & nos craintes : qu'il me soit permis de le dire, dans un genre de guerre qui demandoit d'autant plus toute notre attention, qu'une longue paix en avoit affoibli dans nous l'habitude, entretenüe dans nos Ennemis par des courses continuelles sur nos Vaisseaux.

Le plus important des objets, le seul objet important pour nous dans ce moment, n'étoit-il pas, Messieurs, de diminuer le nombre de ceux qui nous haïssent, pour unir nos forces contre celui qui nous attaque? Il en est de la guerre comme d'un incendie : quelqu'indomptable que paroisse sa fureur, si elle ne s'exerce que dans un endroit, les secours viennent de tous les autres; le terme de ses progrès est le lieu même de sa naissance; & le moment qui finit nos allarmes, touche à celui qui les a commencées : mais la flamme se répand-t-elle dans les Campagnes? Pénétre-t-elle dans les Forêts? Est-elle en même tems dans plusieurs cantons d'une même Ville? L'attention se partage, les soins s'affoiblissent: on sauve l'Habitant; mais le Laboureur désolé à la vûe de ses sillons embrasés, pleure la perte de ses Moissons, & regrette d'avoir échappé à la sienne: là le Citoyen à demi-brûlé, se désespere sur les débris de sa Maison, & ne pense pas à secourir ses Voisins accablés par la chûte des leurs: le secours porté dans un endroit, manque dans un autre, le salut de ceux-ci est la ruine de ceux-là, la confusion se répand avec le ravage; & rien n'est assez secouru, parce que tout à la fois a besoin de secours.

Supposons pour un moment, qu'Euphronime n'eût pas réussi dans son entreprise, illustres Rivaux, nous vanteroit-on aujourd'hui le succès des vôtres? Les anciennes animosités assoupies pendant la paix, n'étoient dans les cœurs que comme un feu sous la cendre, dans un repos apparent, & une action secrette: prêtes à se produire, promptes à s'enflammer; une étincelle de plus, l'incendie étoit allumé. Polémon, que devenoient alors ces lauriers brillans dont votre tête est couronnée ? ces braves Guerriers dont l'audace a forcé dans une Isle étrangere la résistance des Ennemis, se fussent portés à la défense de nos Frontieres ; & le nom d'*Imprenable* restoit à cette Forteresse, dont la prise fonde ici vos prétentions, & étend partout votre gloire. La sûreté de nos Ports, Eulimene, est votre ouvrage ; mais qu'il étoit foible, si nos dépenses partagées entre plusieurs objets n'avoient pû se réunir sur le vôtre ? Le sort de nos Colonies intéresse la gloire de l'Empire ; mais sa sûreté n'en dépend pas : & de quel prix eussent été à nos yeux des avantages remportés dans des Contrées barbares, si les nôtres, ouvertes à plusieurs Ennemis, eussent livré nos héritages aux ravages funestes, dont Pleiarque se vante d'avoir garanti des Climats étrangers ? Oui, Messieurs, tous les services que l'on vous a exposés sont renfermés dans celui que je défends.

Le ſuccès d'Euphronime a préparé celui de ſes Rivaux ; j'ai compté ſes titres quand ils ont établis les leurs ; & il a ſur leur reconnoiſſance tous les droits qu'ils lui diſputent ſur la vôtre.

La déſunion de nos Ennemis a empêché celle de nos forces : Euphronime en nous réconciliant les autres Peuples, en a livré un ſeul à tous nos coups. Je ſçai que dans le dernier Siécle, cet Empire a vû preſque toutes les Nations armées pour ſa ruine, & ruinées elles-mêmes par nos armes, ne multiplier, ce ſemble, les Combats, que pour augmenter nos triomphes. Mais combien de tems la Sicile ne s'eſt-elle pas reſſentie des efforts qu'elle avoit faits pour réprimer les leurs ? Ce fut la gloire du Monarque Guerrier qu'ils attaquoient alors : mais il en coûta le repos, ce repos des Peuples, dont le Prince qui nous gouverne fait l'objet de ſes ſoins, & le terme de ſes déſirs. De-là cette modération ſi digne d'un Roi, ces égards ſi étonnans dans un Vainqueur, cet héroïſme de patience que nos Ennemis eux-mêmes, dans le délire de leurs triomphes imaginaires, ont oſé traiter de foibleſſe ; mais qui repréſenté par Euphronime, n'a parû aux yeux de toute la Grece que l'effort d'une grandeur d'Ame, ſupérieure aux événemens ; & d'autant plus digne de fixer la victoire, qu'elle s'empreſſe moins pour l'obtenir. Il leur repréſentoit ce Monarque généreux, dans les dernieres Guerres ſuſpendant le cours de ſes triomphes ; relevant ſes Ennemis de la main dont il les avoit terraſſés ; leur Vainqueur malgré lui, leur Bienfaiteur preſque malgré eux ; réglant en arbitre la paix qu'il pouvoit donner en maître ; chargeant l'Humanité ſeule de fixer les droits de la Victoire ; ſacrifiant ſes propres intérêts à l'intérêt de ceux qui l'avoient attaqués ; faiſant en quelque ſorte tous les frais du Traité dont il lui appartenoit de preſcrire toutes les conditions ; pouvant les accabler ſous le poids de ſes Armes, ne les chargeant que de celui de ſes bienfaits ; maître de leur prescrire des Loix, & ne leur imposant que celle de la reconnoissance.

Je parle devant un Négociateur * illustre, qui, chargé de représenter dans la premiere Cour du Monde, le plus grand & le meilleur des Rois, n'a eu qu'à consulter son cœur pour trouver les qualités glorieuses du caractère dont il étoit revêtu.

Héroïsme de grandeur & de bonté! Le modéle en est dans le Monarque qui nous gouverne; ses traits sont ceux du Ministre ** qui le représentoit; nous en voyons le germe dans vous, Monsieur, avec un assemblage d'autres qualités aimables & précieuses: elles ont fixé l'estime de ceux qui vous connoissent, justifient les regrets de ceux qui vous perdent, & annoncent à ceux qui vont vous posséder l'étendüe de leurs espérances.

* M. le Duc de Saint-Aignan.
** Le même.

DISCOURS

DISCOURS
DU JUGE
Après les Causes.

LES ſervices que vous avez expoſés, Meſſieurs, méritent la reconnoiſſance de la Patrie Une Aſſemblée reſpectable a honoré vos Diſcours de ſon attention. Son ſuffrage eſt votre Eloge ; le mien n'ajoûteroit rien à votre gloire. Vous attendez une déciſion, que vous avez rendüe plus difficile par l'égalité de mérite que celle des talens nous a parû mettre dans les Cauſes.

Pour parvenir ſûrement au point déciſif de la différence qui eſt entre eux, ouvrons-nous une route qui ſoit à l'abri des erreurs parmi leſquelles les preſtiges de la ſéduction pourroient nous égarer ; & laiſſant les ornemens qui feroient illuſion à notre eſprit, voyons les motifs qui doivent ſervir de régle à notre jugement.

L'objet de chaque ſervice, & ce qu'il a trouvé de difficultés ;

Le caractère de chaque ſervice, & ce qu'il exigeoit de qualités ;

Les effets de chaque ſervice, & ce qu'il a produit d'avantages ;

Telles ſont les trois Parties de l'examen rapide que nous allons faire.

Le principe des ſervices rendus eſt l'héroïſme d'un zèle commun aux quatre Rivaux qui ſe diſputent la préférence ; & ſur ce point elle ne ſe doit à aucun. Les moyens que ce zèle a employés ſont différens ; & dans cette partie la ſupériorité de mérite qu'ils s'attribüent, eſt fondée ſur celle des obſtacles qu'ils ont vaincus.

La multitude de nos Ports, la foibleſſe de quelques-uns ; la nature des précautions que demandoient quelques autres ; le peu de tems accordé pour les fermer tous à toutes les ſurpriſes des Ennemis ; la néceſſité d'une défenſe génerale ; la difficulté d'une défenſe égale, & exacte par-tout ;

tels ſont à peu près les obſtacles que le défenſeur d'Euliméne a repréſentés ; ſes travaux nous mettoient ſans doute à l'abri des dangers que nous pouvions craindre ; mais aucun danger ne l'a inquiété dans les travaux qu'il entreprenoit ; ſa vie n'étoit point expoſée aux riſques des Combats, & le Guerrier les affrontoit ; ſes Ports avancés dominoient ſur la Mer ; mais il étoit à couvert des Orages, & le Navigateur les ſoutenoit ; il falloit animer les Peuples à un travail néceſſaire, mais il trouvoit dans tous les cœurs le même zèle dont le ſien étoit animé ; il n'avoit ni préventions à combattre, ni animoſités à éteindre, ni contrariété d'intérêts à ſurmonter, & le Négociateur en triomphoit.

Les Siéges ſont-ils le chef-d'œuvre des Opérations militaires, comme on nous l'a dit ? c'eſt au moins un problême. Celui qu'a entrepris Polémon, oppoſoit au ſuccès des difficultés ignorées dans les autres. Une Place fortifiée dans les régles & au-delà des régles mêmes, défendüe par des Rocs inaccessibles ; fermée par des Redoutes, dont chacune vaut une Place ; établie sur un fonds sec & indomptable qui ne permet ni d'ouvrir la Tranchée, ni de masquer les Ouvrages, ni de protéger le Soldat ; entourée de Remparts, du haut desquels l'Assiégé est également sûr des coups qu'il porte, & inaccessible à ceux qu'on veut lui porter ; telle, & bien plus effraiante encore est l'image des obstacles malgré lesquels Polémon a triomphé ; mais il conviendra que si la difficulté des approches a demandé qu'il fît preuve de constance ; la prise elle-même de la Place se doit sur-tout à l'effort plus qu'humain, mais à l'effort d'un moment d'audace, & d'intrépidité ; nous ne prenons rien sur sa gloire, en reconnoissant, comme lui, la part qu'ont eüe à l'exécution de cette entreprise les Héros qui secondoient sa valeur ; le succès n'en sera pas moins le sien, quand nous avouerons avec lui que Pleiarque, qu'on nous représente comme l'ayant décidé, l'avoit au moins préparé.

L'inconstance des flots ; la contrariété des vents ; la nouveauté de ce genre de Combat pour nos Troupes ; l'habitude qu'en ont nos Ennemis ; la longue inaction de notre Marine ; l'exercice continuel de la leur ; ces difficultés auroient effrayé un courage moins héroïque que ne l'est celui du Navigateur, dont on nous a vanté la Victoires : il y a joint les secours envoyés à nos Colonies, malgré les risques de la Mer, à travers les Flottes ennemies, & au milieu des obstacles qui rendoient cette entreprise aussi difficile qu'elle étoit nécessaire. Mais il n'a pas conduit, il a envoyé ces secours ; il a l'honneur du projet, il n'a pas eu la peine de l'exécution. Mais la gloire du Combat lui appartient ; plusieurs Vaisseaux ennemis y ont été maltraités ; leur Flotte a pris la fuite ; la Place n'a pas été secourüe ; c'étoit là sur-tout son objet ; & il l'a rempli.

Le Négociateur n'a pas couru de risques, mais combien de difficultés n'a-t'il pas dû vaincre ? Que d'obstacles réunis contre une ſeule entrepriſe ! Une ancienne Alliance uniſſoit Lacédémone avec Athènes ; des intérêts particuliers rendoient Carthage en quelque ſorte dépendante de cette République ; des animoſités contre nous, communes à ces trois Nations, les rendoient nos Ennemies : l'étendüe de notre Puiſſance ; le ſentiment de leurs pertes paſſées ; la jalouſie, toujours préſente dans des Rivaux vaincus ; l'eſprit de vangeance rendu implacable par les malheurs ; des projets de domination, dont le ſoupçon étoit fondé ſur des Victoires, aſſez capables d'aſſurer l'entrepriſe, ſi nous avions nous mêmes été aſſez ambitieux pour y aſpirer. Tous ces motifs, bien d'autres encore, employés avec adreſſe par les Miniſtres d'Athénes, formoient des obſtacles qui demandoient tous les talens d'Euphronime. Mais il n'a été ni expoſé aux riſques que deux de ſes Rivaux ont bravés, ni fatigué par le détail des travaux que le Défenſeur de nos Ports a ſurmontés. De l'objet & des difficultés des ſervices, paſſons à leur caractère, & aux qualités qu'ils exigeoient.

Pour munir tous nos Ports avec une juſteſſe de diſcernement & d'attention, qui ne laiſſât rien à déſirer dans les uns, & rien à craindre pour les autres ; il falloit ſans doute une étendüe de Génie, une fécondité de moyens, une ſûreté de prévoyance, &, comme l'a remarqué le Défenſeur d'Euliméne, dans un Eſprit ſeul un concert de pluſieurs Eſprits, capables de connoître les beſoins les plus ignorés ; d'imaginer les ſecours les plus propres ; de porter tous ceux qui étoient utiles, & de n'obmettre aucun de ceux qui pouvoient être néceſſaires.

Ce ſont ici des talens ; le Guerrier nous offre des qualités ; l'activité du courage ; l'héroïſme des ſentimens ; une hardieſſe d'entrepriſe, qui conſidere le péril & le mépriſe ; une force d'action, qui le brave & en triomphe ; une ame exempte de crainte, & qui la répand où elle combat ;

un cœur ouvert à la confiance, & qui l'inſpire où il commande ; une ſécurité de valeur toujours décidée, & qui décide par-tout la Victoire : ce ſont les qualités du Héros.

Il ne les falloit pas toutes au Vainqueur maritime, dont on nous a expoſé le Combat ; mais pluſieurs d'entre elles ne lui ſuffiſoient pas. Il a dû joindre la connoiſſance des Mers, l'habileté des manœuvres, la force des attaques, des précautions contre le choc des Navires, & tout ce qui peut aſſurer le ſuccès dans un Combat, qui réunit toutes les horreurs des autres, & n'a aucun de leurs avantages.

Il s'en faut bien que les qualités du Négociateur ſoient éprouvées par de ſemblables périls ; mais il lui faut la ſcience des tems & des époques ; la connoiſſance des Peuples & de leurs intérêts ; une facilité d'action contre les manéges qu'on lui oppoſe ; une ſûreté de choix dans les reſſorts qu'il emploie ; l'activité d'un Eſprit qui ſe plie aux Evénemens pour les maîtriſer ; ménage tous les Caracteres avec leſquels il doit traiter ; ſemble recevoir la loi quand il la donne, n'affecte pas même l'égalité, & prenne l'aſcendant ; cache les talens dont on ſe défie ; & ſoit tout ce que les autres exigent, pour qu'ils ſoient eux-mêmes tout ce qu'il veut.

Quels avantages nous ont procuré les ſervices rendus ? C'eſt-là l'objet qui nous intéreſſe ; notre eſtime eſt dûe aux qualités des Bienfaiteurs, mais c'eſt la nature du bienfait qui détermine notre reconnoiſſance.

Celui d'Euliméne a garanti nos Ports, & par eux nos Provinces des ravages que pouvoit y faire un Ennemi, auſſi violent que précipité dans ſes attaques ; plus redoutable encore par ſes fureurs, que par ſes forces ; toujours prêt à entreprendre, & contre qui la Sageſſe ne peut prendre trop de meſures, parce que lui-même n'en reſpecte aucune ; ſi nos Citoyens à couvert de toutes ſurpriſes, ont recueilli tranquillement dans nos Ports & répandu dans nos Villes les fruits de leur Commerce, ils en sont redevables à Euliméne ; son service n'étoit pas le plus éclatant, mais il étoit le plus nécessaire.

Celui de Polémon se présente avec plus de gloire aux yeux d'une Nation guerriere, dans qui l'habitude des Triomphes entretient le goût des Combats ; qui plus accoûtumée à vaincre qu'à résister, sçait mieux forcer les obstacles que les applanir ; que l'on a vûe attaquée par tous les Peuples qui l'environnent, porter dans le sein de tous leurs Etats le désastre dont ils menaçoient toutes ses Frontieres : la Conquête de Samos ajoûte à la gloire de nos Armes ; ruine en partie le Commerce de nos Ennemis ; & donne à ceux de nos Ports qui sont moins éloignés de cette Isle, une liberté de passage, & une facilité de transport également utiles à nos Provinces & à nos Colonies.

Celles-ci doivent au secours que Pleiarque leur a envoyés non-seulement la sûreté de leurs Rivages & de leurs Villes, mais les forces ſuffiſantes pour réprimer les violences d'un Ennemi, jaloux de leurs Poſſeſſions ; contre lequel il faut toujours être en Armes, parce qu'il y eſt toujours lui-même. Ce ſont nos Concitoyens qu'on perſécutoit dans ces Contrées, c'eſt notre ſang qu'on y répandoit ; c'eſt celui des Habitans fidéles qui leur ſont attachés ; que leur zèle & leur courage rendent dignes d'être regardés comme nos Concitoyens eux-mêmes. L'Humanité, la Patrie, la Nature, parloient en leur faveur, & ce ſont leurs voix que Pleiarque a entendües. Il a joint à ce ſervice celui de favoriſer l'entrepriſe de Polémon, & en a au moins avancé le ſuccès.

Euphronime a diſſipé les préventions qu'avoient conçües contre nous deux Peuples puiſſans, dont l'alliance ou la neutralité nous ont permis de réunir toutes nos Forces contre un ſeul Ennemi ; & nous ont laiſſé la facilité de le vaincre ;

ſervice moins frappant par ſon éclat, mais intéreſſant par ſes ſuites, & qui renferme beaucoup des avantages que les autres nous ont procurés.

Les droits des Parties ainſi propoſés, il ne nous reſte, ce ſemble, qu'à prononcer ſur le mérite des ſervices. Mais eſt-il de notre devoir, eſt-il même en notre pouvoir de le faire ? Le Prince lui-même n'y a vû que des différences, & il les a marquées par les récompenſes glorieuſes qu'il leur a données; il n'a mis entr'elles, que l'inégalité que demandoit celle des rangs & des emplois. Cependant, pour ſatisfaire notre reconnoiſſance particuliere & pour prononcer une ſorte de Jugement dans une Cauſe, plutôt imaginée pour expoſer la gloire que pour balancer le mérite des Concitoyens illuſtres qui nous ont ſi bien ſervis;

Demandons que ſous les yeux & par les ordres d'un Magiſtrat illuſtre, zélé pour le bien public, & pour la gloire de l'Etat, à Syracuſe, dans la Place deſtinée à nos

Fêtes, ſoit élevé un Monument ſuperbe; où le Cizeau & le Peinceau emploient toutes les richeſſes des Arts auſquels ils prêtent leurs ſecours, pour repréſenter la gloire des quatre Citoyens généreux, dont nous avons entendus les ſervices.

Au milieu du Monument paroîtra le Monarque Vainqueur, ſous la forme de Jupiter, élevé ſur un nuage, conſidérant un Globe de la Terre, où ſont deſſinés les différens Royaumes, tenant dans ſa main une Foudre, dont les premiers feux renverſent une Fortereſſe, & ſont ſuivis de mille éclairs, qui, réunis ſur une ſeule Contrée, annoncent un plus grand orage prêt à éclater, & avertiſſent de le prévenir.

Autour, ſeront quatre Colonnes différentes, ſurmontées d'autant de Statues coloſſales; ſur l'une des Colonnes ſera repréſenté Eulimene, ſous la figure de Neptune, maîtriſant les Mers, & dominant ſur les Ondes; dans les reliefs & les peintures, ſe verront des Vaiſſeaux chargés de richesses, dont les Peuples étrangers lui offrent le tribut : quel que soit leur éclat, elles ne seront ni aussi brillantes, ni aussi précieuses que les qualités & les talens qui forme le caractère du premier * des Orateurs que nous avons entendus. Sur la seconde, Mars représentera le Conquérant de Samos ; dans les Compartimens divers on verra des débris de Remparts, sur lesquels lui seront présentées les Clefs de la Forteresse dont il s'est emparé. Près du Héros, son jeune Orateur ** paroîtra chargé des cinq Couronnes qu'il remporta dernierement dans une Assemblée presqu'aussi frappée de sa gloire, que de l'éclat de la Fête qui l'avoit attirée.

L'Amiral, qui a arrêté les secours envoyés contre l'entreprise de Polémon, paroîtra, présentant à Mars un Bouclier, & le garantissant des traits ennemis. On le verra dans un des tableaux, prenant

* M. de Verdun.

** M. de Bonteville, qui avoit remporté cinq Prix à la grande Tragédie.

les aîles de Mercure, & prêt à voler au ſecours de nos Colonies ; objet intéreſſant pour un cœur né généreux *, formé par une Mere tendre, & ſur le modele d'un Pere moins illuſtre par le nom qu'il porte, que par les qualités qui le rendent digne héritier de ce nom. Pallas nous peindra le Négociateur **. Dans cette Divinité fabuleuſe, qu'on dit avoir été celle de la Sageſſe, des Talens & des Qualités, le jeune Orateur reconnoîtra ſans peine les traits du Modele véritable qu'il en a ſous les yeux.

Ne mettons pas à une plus longue épreuve la complaiſance d'une Aſſemblée reſpectable, où nous avons nous-mêmes autant de Juges, que nous y comptons d'Auditeurs. Ce Jugement que nous prononçons, n'attend ſon prix que de leurs ſuffrages.

* M. de Beaujeu.

** M. de Belſunce.

APPROBATION.

J'AI lû, par ordre de Monseigneur le Chancelier, *Des Plaidoyers prononcés au Collége de Louis-le-Grand*, & j'ai crû qu'ils ne feroient pas moins de plaisir à la lecture, qu'ils en ont fait à la prononciation. A Paris, ce 18 Octobre 1756.

TRUBLET.

Faute à corriger à la page 6, lig. 12.

Envain il demanda raison de ces Infracteurs publics des Traités ;

Lisez : envain il demanda raison à ces Infracteurs publics des Traités ;

www.ingramcontent.com/pod-product-compliance
Ingram Content Group UK Ltd.
Pitfield, Milton Keynes, MK11 3LW, UK
UKHW020328180726
13839UKWH00002B/580

9 782329 442839